현대 어린이문학

현대 어린이문학

우에노 료 지음 | 햇살과나무꾼 옮김

사계절

머리말 어린이에게 어른이란 무엇인가   6

1 **어린이문학 속의 '일상 세계'**

부모와 아이의 모습   25
   －야마나카 히사시 『내가 나인 것』의 경우

모험으로서의 가출   35
   －E. L. 코닉스버그의 『클로디아의 비밀』을 중심으로

두 이야기의 차이   53
   －『위니 더 푸우』와 『빨간새』의 경우

2 **어린이문학 속의 '신비한 세계'－하나**

발견을 위한 '통로'   65
   －필리파 피어스의 『한밤중 톰의 정원에서』를 중심으로

장대한 공상의 나라   89
   －C. S. 루이스의 '나니아 나라 이야기'를 중심으로

3 어린이문학 속의 '신비한 세계'-둘

새로운 마녀의 세계   115
　-메리 노튼의 '마녀 이야기'를 중심으로

새로운 소인의 탄생   127
　- 메리 노튼의 '소인 이야기'를 중심으로

일본에서 태어난 소인들   142
　-사토 사토루와 이누이 도미코의 '소인 이야기'를 중심으로

전쟁과 어린이문학   157
　-나가사키 겐노스케 『멍청이의 별』의 경우

4 어린이문학 속의 '이상한 세계'   169

5 어린이문학이란 무엇인가   195

맺음말 '한눈파는 즐거움'   204
옮긴이 후기   208
옮긴이 주   212
찾아보기   213

| 머 리 말 |
어린이에게 어른이란 무엇인가

어린이는 왜 어른의 왜소화를 기뻐하는가

열한 살 소년 소녀가 결혼을 한다. 〈작은 사랑의 멜로디〉는 이런 내용으로 화제를 모았다. 이 영화는 1971년에 영국에서 만들었고 그 해에 일본에서도 개봉되었다. 영화는 젊은 세대를 동원하는 데 성공하여 큰 흥행 수익을 올렸다. 그 이유는 '결혼'에 대한 동경이라고 볼 수도 있고 '어린이의 결혼'에 대한 호기심이라고 볼 수도 있다. 아마 두 가지 모두 포함되어 있을 것이다. 물론 그 점은 틀림없지만, 과연 어린 관객들은 단지 그것 때문에 이 영화를 좋아했을까?

분명 어린이의 결혼 선언이라는 발상은 엉뚱하다. 엉뚱하기 때문에 어린 관객들은 쾌재를 부른다. 그러나 단지 그것 때문만은 아닐 것이다. 아이들끼리 결혼을 한다(혹은 결혼 선언을 한다)는 엉뚱한 행동을 빌어 어른의 입장을 철저히 깨부수고 통렬하게 비꼼으로써, 자기도 모르게 쾌재를 부른다. 이렇게 말할 수는 없을까?

이 영화에는 아이들이 결혼을 한다는 말을 듣고 길길이 날뛰는 교장 선생이 나온다. 쩔쩔매며 허둥거리는 교사들과 부모도 나온다. 어른들은 아이들에 의한, 아이들을 위한 결혼식을 막으려고 실력 행사에 나선다. 그러나 아이들을 해산시키기는커녕 자신들이 해산당할 뿐 아니라, 늘 슬리퍼로 아이들을 때리던 라틴어 교사는 반대로 엉덩이를 얻어맞는다. 아이들의 승리는 소년과 소녀가 트럭을 타고 싱그러운 초원 속으로 사라지는 모습으로 표현된다. 어른들은 상처투성이가 되어 찢어진 옷을 질질 끌며 사라진다.

이 익살스러운 대비에 쾌재를 부르지 않는 어린 관객은 없을 것이다. 아이들의 결혼 선언도 재미있지만, 그 이상으로 재미있는 것은 뒤바뀐 어른과 아이의 입장이다.

물론 현실의 어른들은 이처럼 아이들에게 호락호락 당하지 않을 것이다. 어른은 그렇게 약한 존재가 아니다. 이것은 분명한 사실이다. 그러나 영화는 현실의 어른들을 허구의 세계 속에서 완전히 무력하고 약한 존재로 만들어 버렸다. 여기에 하나의 재미가 있다. 어린 관객들이 느끼는 즐거움, 이것이 바로 어른의 왜소화이다. 아이들은 어른의 왜소화를 즐기고 있는 것이다.

어른들을 철저하게 왜소화하여 아이들의 갈채를 받았던 것은 이 영화만이 아니다. 예를 들어 1960년대 후반부터 70년에 걸쳐 '파렴치'로 인기를 끌었던 만화의 세계에서도 어른의 왜소화를 찾아볼 수 있다. 『아귀도 강좌_メッタメタガキ道講座』의 다니오카 야스지(谷岡 ヤスジ),

『파렴치 학교_ ハレンチ學園』의 나가이 고(永井豪)가 좋은 예이다. 다니오카 야스지의 『똥이나 먹어라_ くそくらえーだ』에서는 어른들의 왜소화가 다음과 같이 그려진다.

오로지 공부만을 강요하는 부모가 나온다. 프로 레슬링의 태그매치처럼 아버지와 어머니가 교대로 아이를 감시한다. 아이가 졸면, 아버지가 아이의 머리를 겨드랑이에 끼워 기둥에 처박는다. 아이가 기절하면, 어머니가 양동이를 들고 와 물을 철썩 끼얹는다. 견디다 못한 아이는 분연히 떨쳐일어난다. 번쩍번쩍 빛나는 식칼을 쳐들어 부모의 머리에 사이좋게 하나씩 꽂는다. 아이는 부모의 뇌를 빼내고 된장을 채워 넣는다. 숙제를 강조하던 교사도 같은 운명을 걷는다. 뇌가 뒤바뀐 어른들은 어떻게 될까. 장면이 바뀌면 아이들에게 놀이를 권장하는 아버지와 어머니의 모습이 보인다. 교사는 운동장 단상 위에서 '도리도리 짝짜꿍'을 하며 춤을 춘다.

이것을 단순히 인간 멸시라고 말하기는 쉽다. 어른의 가치를 부정한 것이라고 말할 수도 있다. 그러나 이런 발상이 왜 생겨났는가. 문제는 여기에 있는 것이 아닐까?

나가이 고의 『파렴치 학교』도 어른의 왜소화를 지나치다 싶을 만큼 일관되게 그리고 있다.

이 만화에는 '수염 고질라'라는 교사가 나온다. 그는 마치 '원시인'처럼 그려져 있다. 호랑이 가죽으로 아랫도리를 감싸고 있는 모습도 그렇지만, 자신의 욕망을 노골적으로 드러내며 오로지 그것만을 좇는 행동만 보더라도 원시인이나 다름없다. 학생이나 수업, 자신의 본분을 완전히 무시한 채 몽둥이를 휘두르며 파렴치한 행동으로 치닫는 점에서 그는 추잡하다. 이 추잡함은 '수염 고질라' 한 사람에게만 해당되지 않는다. 『파렴치 학교』의 모든 교사에게 해당된다. 모든 교사를 추잡하게 그림으로써(그런 추잡함으로 하나의 학교=하나의 사회가 이루어짐으로써) 실은 이 추잡함이 모든 어른의 것이라고 주장한다. 동시에 '수염 고질라'의 모습을 빌어, 어른들의 또 다른 왜소성이 표현된다. '수염 고질라'는 험상궂은 수염투성이 얼굴을 한 어른이면서도 여자처럼 손으로 입을 가리고 '호호호' 하고 웃으며 교태스럽게 걷는다. '여자처럼'이라는 모멸적인 표현이 그대로 무력을 휘두르는 어른의 모습으로 그려지는 것이다.

이러한 어른의 왜소화는 어디서 생겨나는 것일까. 또 어른을 왜소화하는 것에는 어떤 의미가 있을까.

왜소화라는 말에는 항상 상대방을 깔보는 사고가 작용한다. 그것은 상대방이 지닌 가치나 능력을 작고 낮고 좁게 평가한다는 말이다. 어른의 왜소화는 압도적으로 강한 어른을 부정하는 한 방법으로 받아들여도 좋지 않을까? 왜소화는 원래 왜소하지 않은 것에서 생겨난다. 이 경우, 왜소하지 않은 것은 압도적으로 우세한 어른이다. 어른에게는 그들만의 독자적인 가치가 있지만, 더욱 두드러져 보이는 것은 그 가치를 훨씬 웃도는 힘이다. 물론 이것은 어린이의 입장에서 보았을 때이다. 아이에게 어른은 강한 존재이다. 강압적인 입장에서 아이들 위에 군림하는 존재이다. 그런 예가 몇 가지 있다. 예를 들어 에리히 캐스트너(Erich Kästner)는 자전적 작품 『내가 어렸을 때에_Als ich ein kleiner

Junge war』(1957)에서 어른을 다음과 같이 묘사한다.

레만 선생님은 농담을 하지도 않았고, 농담을 이해하지도 못했다. 레만 선생님은 우리가 쓰러질 정도로 숙제를 내어 우리를 학대했다. 공부와 받아쓰기와 여러 가지 시험들로 우리를 다루어서, 가장 머리가 좋고 우수한 학생들까지 초조하게 만들었다. 레만 선생님이 교실로 들어서서 가슴속까지 서늘해지는 목소리로 "공책 꺼내!" 하고 말하면 우리는 차라리 가까운 쥐구멍으로 들어가고만 싶었다. 그런 쥐구멍은 하나도 없는데 하물며 서른두 명이나 되는 사내아이들이 들어갈 쥐구멍이 있을 리 없었다. 그리고 일 주일에 회초리를 한 개씩 못쓰게 만든다는 말은 절반은 맞는 말이었다. 두 개씩 썼으니까.

캐스트너는 레만 선생님이 '유능하고, 부지런하고, 영리한 사람'이었다고 덧붙인다. 그러나 그 이상으로 무서운 사람이었다고 평가한다. 이와 비슷한 예가 나카 간스케(中勘助)의 『은 숟가락_銀の匙』(1915)에도 나온다.

나카자와 선생님은 마음씨가 고왔지만 성격이 몹시 다혈질이라, 무슨 일로 화가 날라치면 학생들이 휘청휘청할 만큼 회초리로 머리를 때리기도 했다.

여기서도 어린이의 눈에는 어른의 가치보다 어른의 무서움이 훨씬 두드러진다. 어른이 무서운 것은 회초리를 휘두르기 때문만은 아니다. 러시아의 코르네이 추콜로프스키(Kornei Chukovskii)가 어린이를 위해 썼던 자서전 『은색의 계절』(1963)에는 회초리를 휘두르지 않고 가증스러운 방법으로 작가를 퇴학시킨 교사가 나온다. 마찬가지로 어린이를 위해 쓴 마르샤크의 자전 소설 『인생의 시작에』(1962)에도 스파이처럼 아이들의 생활을 감시하고 다니는 '사모와르'[1]라는 별명을 가진 교사가 나온다. 어른이 무서운 이유는 회초리를 휘두르기 때문이 아니라 회초리를 휘두를 수 있는 입장, 휘둘러도 괜찮은 입장이기 때문이며 어린이에 대한 절대성 때문이다.

이것은 교사의 입장이지 일반 어른의 입장은 아니라는 의견이 있을 수도 있다. 그러나 교사에게 이처럼 절대적인 권력을 부여한 것은 누구인가. 매맞는 어린이나 사생활을 감시당하는 어린이가 그것을 쌍수를 들고 찬성하거나 허락할 리가 없다. 일반 어른들이 그런 입장에서 어린이들을 대하는 것이 바람직하다고 여기고 필요하다고 여기기 때문에, 교사는 절대 군주인 양 행세할 수 있는 것이다. 레만 선생이나 '사모와르'는 일반 어른이 어린이에 대해 어떤 위치(또는 입장)에 있는지를 구체적으로 반영하고 있을 뿐이다. 그런 의미에서 이런 교사상은 어른이 지닌 강대한 힘의 상징이라고도 할 수 있다.

하지만 여기에 반론이 전혀 없는 것은 아니다. 교사가 어른을 대표하는 것은 인정하자. 분명히 그런 면은 있다. 그러나 이런 교사상은 1900년대 초 어른의 입장이 아니었을까? 설령 이런 것들이 어른의 입장을 대표한다고 해도 오늘날 이런 일은 벌어지지 않는다. 인권 존중 사상이 세계에 퍼지고 있다. 주위를 둘러보면 아이들에게 모범을 보이지 못하는 어른들만 눈에 띄어, 오히려 그게 걱정이다.

이런 반론에 대해 '오늘날에도 체벌은 없어지지 않았고 스파이 같은 교사도 존재한다'는 말만으로는 불충분하다. 우선 그런 선생은 예외적인 어른의 모습으로 정리되어 버릴 것이다. 그리고 아마도 이런 의견이 이어질 것이다. 오늘날, 어린이야말로 자유를 누리고 있으며 그 증거로 한심하고 파렴치하기 짝이 없는 만화를 즐겨 읽고 있다. 그렇다고 어른들이 회초리나 그를 대신하는 힘으로 만화책을 강제로 빼앗는가? 매우 씁쓸한 말이지만, 어린이의 자유를 존중하기 때문에 그 한심함에도 눈을 감아 주고 있다.

그러나 만약 위의 말이 사실이라면, 오늘날 어째서 왜소화된 어른이 나오는 영화나 만화가 만들어지고 어린이들의 환영을 받을 수 있단 말인가. 이미 왜소화되어 버린 것을 왜소화한 경우에는 어떤 흥미도 불러일으키지 못한다. 강대하기 때문에 왜소화가 생겨날 수 있다. 어른의 왜소화가 어린이의 갈채를 받는다는 사실은 어른의 입장이 지금도 변하지 않았으며, 20세기 초와는 또 다른 형태 속에 감추어져 있음을 말해 주는 것이리라. 어린이는 인간으로서 존중받아야 한다고들 한다. 그러나 이것은 표면상의 원칙일 뿐, 속마음은 다른 것이 아닐까? 어른의 왜소화는 어른의 마음속에 숨겨진 일종의 권위적 발상에 맞서는 비판의 화살이 아닐까?

어른이 잊어버린 것

그렇다면 어른의 속마음은 무엇일까. 영화 〈작은 사랑의 멜로디〉로 돌아가 생각해 보자. 교장 선생이나 부모는 왜 길길이 뛰고 당황하는 걸까. 결혼 자체가 나쁘다고 생각하기 때문이 아니다. 결혼이라는 행위는 어른의 세계에서만 허락되는 것이라고 생각하기 때문에 어린이의 '결혼 선언'에 격노하고 당황하는 것이다. 여기에는 두 가지 사고 방식이 포함되어 있다. 그리고 둘 다 현대 어른의 우월한 입장, 또는 권위주의와 결합되어 있다.

첫째는 천박한 경험주의이다. 자기가 경험한 것을 절대시할 뿐 아니라 그것을 유일한 진리로 여기고 아이들에게 강요하는 발상이다(나는 여기서 '경험주의'라는 말을 부정적으로 썼다. 이런 말에 거부감이 전혀 없는 것은 아니다. 오늘날 이론보다 실천이, 지식보다 경험이 더 가치 있는 인생을 약속한다는 생각이 널리 퍼져 있다. 나는 이 사고 방식에 이론을 제기할 생각은 없다. 스스로의 체험으로 사물을 인식하는 것이 탁상공론보다 훨씬 낫다. 체험은 시행착오를 통해 사물을 정확하게 파악할 수 있게 하며, 인간은 자기 행위를 끊임없이 되돌아봄으로써 자신을 완성시킨다. 그러나 경험에 안주하거나 무의식 중에 자신의 체험을 절대시하는 태도는 바람직하지 않다. 여기서는 바람직하지 못한 인생의 태도라는 의미로 '경험주의'라는 말을 사용하고 있다).

결혼에 국한시켜 말하자면, 어른들은 자신들이 결혼에 대해 잘 알고 있다고 생각한다. 이미 경험한 과거의 사실로 간주한다. 그 경험적 사실이 가르치는 바(또는 그 경험적 사실에서 떠오르는 것)는 결혼이란 성교섭이며 법적 승인을 얻은 남녀의 동거이다. 어느 정도의 경제적 뒷받침도 필요하다. 이 사실도 잊지 않고 덧붙인다. 이 중 어떤 조건도 어린이가 감당할 수 없다.

한 발 양보해서, 그저 아이들끼리 좋아하게 되었다는 것을 결혼이라는 말로 표현하고 있을 뿐이라고 가정해 보자. 하지만 여기서도 어른들은 경험을 내세운다. 사랑은 정념의 발동이다. 정념에는 반드시 끝이 있다. 파탄에 이르든지, 어른들이 이미 경험한 성관계로 이행하든지, 아무튼 결과는 뻔하다. 어른은 경험에 입각하여, 그것을 자기 지난날의 열병과 동일시하고 이윽고 어린이들도 이 사실을 깨닫게 될 것이라고 생각한다(물론 모든 어른이 그렇다는 말은 아니다. 그러나 그렇게 생각하는 어른이 압도적으로 많은 것은 부정할 수 없다).

어린이가 왜 그렇게 생각하게 된다는 것인가. 어떻게 장담할 수 있는가. 여기서도 경험주의가 절대적인 칼을 휘두른다. 어른은 지난날 어린이였다. 그 사실을 똑똑히 기억하고 있다. 어른에게 어린 시절은 이미 경험한 시기이다. 과거의 한때에 지나지 않는다. 이미 지나 버린 것은 이미 알고 있는 것이다. 그렇게 생각한다. 그것을 근거로 내일의 어린이 모습을 판단하고 결정한다. 지난날 자신의 모습으로 오늘날 어린이의 모습을 파악하려는 것이다. 현대 어린이의 모습은 이미 자신이 경험한 어린 시절 속에 고스란히 포함되어 있으므로 새로운 것을 덧붙일 필요가 전혀 없다는 사고 방식이다. 지난날의 어린이는 비행기나 인형놀이에 열중했다. 요즘 어린이들은 로켓이나 괴물에 열중한다. 이런 표면적인 변화는 있어도 본질은 변하지 않는다는 발상이다.

이 본질불변론은 어른의 입장을 강고하게 만드는 두 번째 사고 방식이다. 또한 어린이를 항상 고정된 존재로 파악하는 발상이다. 어린이는 어차피 어린이다. 눈앞의 독특한 것에 끌리는 경우는 있을지 몰라도 결국은 순진하고 미덥지 못한 존재일 뿐이다. 이것 역시 경험에서 비롯된 이해 방식이다. 여기서 잘못된 것은 어른이 자신의 어린 시절은 고정된 시절이었다고 착각하고 있다는 점이다. 자신의 어린 시절을 완전히 잊어버렸거나 전혀 다른 모습으로 덧칠하여 파악하고 있거나, 둘 중 하나이다. 어린이가 과연 그처럼 부동의 세계를 지니고 있었는지, 고정화된 인간의 한 시기였는지 규명해 보려 하지 않는다. 어른은 현재 어른이기 때문에 어린 시절의 독자성 따위는 아무래도 상관없다. 어린이라는 한 시기가 자신의 과거에도 분명히 있었다는 사실, 그것을 생각해 내는 것만으로 충분한 것이다. 어른은 자신에게 어린 시절이 있었다는 사실은 기억한다. 지나간 한 시기로 기억한다. 기억할 뿐 아니라 금방 생각해 낼 수 있기 때문에 어린 시절을 하나의 고정된 시기로 아무런 의문 없이 받아들인다.

그러나 생각해 낼 수 있다고 해서 정말로 그 시기를 완전히 기억할 수 있는 것은 아니다. 다만, 생각해 낼 수 있다고 어른의 입장에서 일방적으로 이해하고 있을 뿐이다. 이러한 이해 방식에 결여되어 있는 것은 무엇일까. 어린이는 끊임없이 성장하는 동적인 인간이라는 사실이다. 어린이는 고정화된 불변의 시기이기는커녕 고정된 상황에 도전하고 항상 모험을 원하며 그런 몽상을 통해 발전하는 시기라는 점이다(이렇게 말하면 어른은 앞뒤가 꽉 막힌 벽창호이고 아이들이 훨씬 '훌륭하다'고 여겨

질 수도 있다. 그러나 문제는 어른과 아이 중 누가 더 훌륭하냐가 아니라, 누가 더 인간으로서 유연한 사고력과 판단력을 발휘하느냐이다. 어린이들 중에도 싹수가 노란 어린이가 있고, 어른들 중에도 싱그러운 감성을 잃지 않은 어른도 있다. 결국 문제는 '자신의 삶'을 얼마나 유연하게 생각하고 있는가에 달렸다. 여기서는 물론 정신이 동맥경화증에 걸린 어른들의 입장을 비판하고 있다).

다시 사랑의 문제로 돌아가자. 어린이문학에도 어린이들의 사랑을 묘사한 작품은 무수히 많다. 예를 들어 지금은 거의 고전이 되어 버린 벨라 발라즈(Bela Balazs)의 『참하늘빛』(1925)도 그 좋은 예이다.

페르코는 공부를 못하는 아이이다. 어머니가 세탁부이기 때문에 어머니를 돕느라 공부할 틈이 없다. 항상 선생님한테 교실 뒷자리로 내몰린다. 어느 날, 동급생 칼의 그림물감을 빌려 그림을 그려 주겠다고 약속한다. 그런데 세탁물을 배달하러 나간 사이에 하늘색 물감이 없어진다. 아마 고양이가 꼬리를 치다 어딘가에 떨어뜨린 것이리라. 하늘색을 칠할 수도 없고 칼에게 그림물감을 돌려줄 수도 없다. 칼은 부자이면서도 구두쇠이기 때문에 날마다 그림물감을 돌려달라고 채근한다. 페르코는 하늘을 그리고 나면 돌려주겠다는 변명을 되풀이한다. 그런데 하늘색 그림물감은 이미 쥐가 먹어 버린 뒤였다. 분명한 증거로, 밤에 문득 나타난 쥐가 하늘색으로 빛나고 있었던 것이다. 고양이 지누크가 이 쥐를 먹자, 이번에는 고양이의 몸이 하늘색으로 빛난다. 난처해진 페르코는 이상한 심부름꾼이 가르쳐 준, 딱 1분 동안만 꽃이 피는 꽃밭으로

가 본다. 여기서는 종이 울리는 동안에만 선명한 파란 꽃이 활짝 핀다. 이 꽃 이름이 '참하늘빛'이다. 페르코는 이 꽃을 따고 즙을 짜서 병 속에 담는다. 이렇게 해서 '참하늘빛 그림물감'이 완성된다.

　이 물감으로 도화지 속의 하늘을 칠하면 밤에 별이 뜬다. 달도 뜬다. 낮에는 해가 빛나고 구름도 뭉게뭉게 솟아오른다. 진짜 하늘과 똑같은 (그 이상의) 하늘이 그림 속에 있다. 페르코는 남몰래 짝사랑하고 있던 그레테에게 이 그림을 보낸다. 그레테는 그림 속의 또 하나의 하늘에 감동한다. 그런데 그림 속의 하늘에 먹구름이 끼더니 이윽고 천둥이 치기 시작하고 번개가 떨어진다. 번개는 그림 속의 집을 태우고 도화지마저 태워 버린다. 칼은 그 그림물감이 보통 그림물감이 아니라는 사실을 알아차리고 페르코한테서 '참하늘빛'을 절반 이상 빼앗아 버린다. 그리고는 노와크 선생의 신사 모자 바닥에 '참하늘빛'을 칠한다. 그것도 모르고 선생님이 모자를 쓰자, 모자 속에서 번개 치는 소리가 들리고 모자 바닥의 하늘에서 비가 내린다.

　기묘하고 재미있는 사건이 잇달아 벌어진다. 그러나 결국에는 '참하늘빛'도 바닥나 버린다. 다만 페르코의 반바지에 '참하늘빛'이 딱 한 방울 남아 있을 뿐이다. 그것은 반짝이는 별이 되어 페르코를 매료시킨다. 페르코는 절대로 이 바지를 벗지 않겠다고 생각한다. 이렇게 해서 한 달이 지나고, 일 년이 지나고, 삼 년의 세월이 흐른다. 다른 아이들은 완연히 어른스러워져서 긴 바지를 입고 있다. 반바지 차림은 페르코뿐이다.

　어느 일요일 오후, 페르코는 산책을 나온 그레테와 우연히 마주친다.

그레테가 쭈뼛쭈뼛 다가오더니 페르코에게 말한다. 나랑 같이 산책할 마음이 있다면 그 어린애 같은 바지는 벗으라고. 페르코는 망설인다. 그러다가 그레테의 눈을 바라보는 순간, 거기에 '참하늘빛'을 꼭 닮은 아름다움이 있음을 깨닫는다. 페르코는 그레테의 눈에서 빛나는 '참하늘빛'을 위해 반바지를 벗는다.

  이것은 지극히 즐거운 공상 이야기의 하나이다. 이 점은 두말 할 필요도 없다. 그러나 여기에 이 이야기를 소개하는 까닭은 그 '이상한 세계' 때문이 아니다. 마지막에 페르코가 그레테의 눈 속에서 '참하늘빛'을 발견한다는 것, 그런 어린이로 그려져 있다는 것을 말하고 싶기 때문이다. 이 작품에는 어린이가 성장해 가는 모습이 잘 그려져 있다. 어린이 역시 한 사람의 인간이다. 사람을 사랑할 수 있고, 사랑을 이야기할 자격도 있다. 그것이 자연스럽게 표현되어 있다.
  대개의 어른들은 사람을 사랑하는 인간으로서 어린이상을 잊고 있다. 정말로 잊고 있는 경우도 있고, 잊어버리는 게 편하다고 생각하는 경우도 있다. 어른들이 일부러 잊는다고 말하는 것은 지나칠지도 모른다. 많은 경우, 어른들은 무의식 중에 어린이의 참모습을 고정화한다. 문제는 설사 그것이 무의식 중에 이루어진다 해도 자기가 잊은 것을 정당화한다는 점에 있다. 정당화란 '어린이는 어차피 어린이다'라는 본질 불변론의 주장이다. 경험주의와 더불어 본질은 변하지 않는다는 고정관념, 이것이 오늘날 어른들이 가진 힘이다. 강대함의 내막이다. 결과적으로 어른의 권위를 유지하는 근거이기도 하다.

이러한 입장은 어린이의 독자성을 부정함과 동시에 어린이를 어른의 지배하에 묶어 둔다. 어린이는 발전·성장하지 않는 존재라고 간주함으로써, 언제까지나 어른에게 종속된 순종적인 존재로 고정화한다. 오로지 자신의 경험에 입각하여 어린이를 이해하려고 하기 때문에, 결과적으로 자신의 경험에서 일탈한 어린이(또는 어린이의 부분)를 전혀 이해하지 못한다. 심지어 일탈한 부분은 어린이가 아니라고 할지도 모른다. 이것은 어린이가 지니고 있는 독자적인 가능성을 과거의 기준으로 부정하는 태도이다. 아무튼 어른들은 지금도 여전히 강대한 입장을 굳게 지키고 있다. 어른의 왜소화는 이러한 강대함에 대한 저항의 표현이다.

현대 어린이문학의 과제

왜소화는 어른의 겉마음과 속마음이 거의 일치하던 시대에는 나타나지 않았다. 어린이를 엄하게, 오로지 엄하게만 대하던 시대이다. 어린이의 개성을 존중한다는 것은 그 시대에 어림도 없는 말이다. 그것이 겉마음이자 속마음이던 때가 있었다. 그런 시대에는 겉마음에 걸맞게 속마음(어린이는 어차피 어린이다)도 아무 거리낌 없이 공공연하게 통했다. 채찍을 휘두르는 것과 채찍을 휘두르는 것을 허락하는 어른의 입장이 모순 없이 공존할 수 있었다는 말이다.

물론 이런 시대에도 어린이들의 저항은 있었다. 쥘 르나르(Jules Renard)의 『홍당무_Poil de Carotte』(1894)나 1920년대의 크리스타 윈스뢰의 『제복의 처녀』를 보면 알 수 있다. 아이들의 덧없는 저항은 죽음을 결의하는 형태로 이루어졌다. 빨강 머리 아이는 양동이에 얼굴을 처박고, 기숙 여학교에서 자유로워지려는 여학생은 투신 자살을 한다. 강대한 어른의 입장에 대한 저항은 비극적인 형태로 이루어지고 비극적인 형태로 묘사되었다. 결코 '웃음'을 자아내는 〈작은 사랑의 멜로디〉같지 않았다.

희극으로 표현되는 저항은 어른의 겉마음과 속마음이 분리된 시대에 생겨났다. 분리의 모순이 뚜렷해진 시대에 성립되었다. 다니오카 야스지나 나가이 고의 만화는 우연의 산물도, 작자 자신의 천박한 성격의 산물도 아니다. 이 두 젊은 만화가의 자기 형성 시기에 어른들의 겉마음과 속마음이 분리되었고, 그들은 그 모순에 시달렸다. 그들의 작품은 여기에 뿌리를 두고 있다.

어른들은 전쟁에 패한 뒤, 아무런 갈등 없이 민주주의를 입에 담게 되었다. 남녀 평등권, 어린이의 인권 존중, 그 밖에도 '민주적'이라는 이름이 붙은 것은 모조리 입에 담았다. 그러나 '민주적' 가치관은 표면상의 원칙에 머물렀고, 속마음은 그 원칙에 따르지 못했다. 속마음은 쉽게 바뀌지 않았던 것이다. 여기서 속마음이란 어른들이 물려받은 과거의 사회관, 인간 의식, 감정, 여성관, 어린이관 등 잔존하는 모든 구(舊)제도적 발상을 말한다. 형식이나 명목으로서 어린이 존중 또는 남녀 평등권은 존재했지만, 앞에서 보았듯이 실제로는 고정화된 존재로 어린이를 바라보았다. 남녀 평등권은 상호 성 차이를 인정하면서 인간으로서 동등하다는 자각을 필요로 하지만, 이것이 표면상의 원칙에 지나지 않았다는 것은 '치마 들추기'식이나 극도의 성적 흥미로 가득 찬 만화가 출현했다는 점으로도 알 수 있다. 즉 남녀 모두가 학교와 가정, 그리고 그것이 포함된 현실 사회에서 평등하지도, 대등하지도 못했다는 말이다. 인간으로서 서로 존중할 수 있는 현실적인 인간 관계를 키우지 않았다(키우지 못했다)는 말이다.

해방된 남녀 관계가 자기 형성기에 진정으로 존재했다면, 그 사람이 성인이 되었을 때 과연 비정상적인 눈으로 이성을 바라보겠는가? 성인용 잡지에 범람하는 '성'은 어른들이 '민주적 사회'에서 진정한 인간 해방을 체험하지 못했음을 말해 준다. 천박한 만화 역시 표면상의 원칙이 결국 원칙으로서 의미밖에 갖지 못했던 일본 '민주화'의 산물이다. 영화 〈작은 사랑의 멜로디〉도 마찬가지로, 일본보다 빨리 '민주화'된 사회에도 여전히 고정화된 어린이관이 존재한다는 것을 말해 준다.

어른의 왜소화는 표면상의 원칙과 속마음의 모순을 비판하는 것으로 나타났다. 어른을 왜소화함으로써 비판하려는 것은 어른의 입장이다. 그들이 지닌 경험주의와 고정된 어린이관이다.

현대의 어린이문학도 이 뿌리깊은 어린이관과 맞서 싸워야 했다. 그것은 어린이문학 외부에 있는 어른들에게 국한되지 않았다. 어린이문학의 내부에도 어린이를 어른의 입장에서 내려다보는 발상이 있었다. '동심주의'라는 것도 그 굴절된 형태 가운데 하나이다. 현대 어린이문학은 어른들의 고정관념을 어떤 형태로 무너뜨리고, 어떤 형태로 어린이의 독자적인 세계를 표현할 것인가. 바로 이것이 현대 어린이문학의 과제이다.

고정적인 어린이관을 직접 비판하는 작품도 있고, 어린이 독자의 세계를 세밀하게 묘사함으로써 인간으로서 어린이의 가치를 확립하려는 작품도 있다. '신비한 세계'나 '이상한 세계'를 그려 어린이에게 인간의 가치를 전달하는 경우도 있다. 방법은 다양하다. 그러나 거기에 나타난 어린이관은 과거 어른들의 고정적인 발상과는 다르다.

현대 어린이문학은 어린이관의 전환을 목표로 하는 동시에 문학으로서 전환을 목표로 한다. 이것은 작품이 표현하는 세계의 넓이와 깊이로 나타난다. 넓이는 어린이문학이 인간의 가능성을 어디까지 추구할 수 있는가이며, 깊이는 그 사상 표현의 심도이다. 여기서는 넓이와 깊이에 최대한 주의를 기울이며 현대 어린이문학의 세계를 생각해 보기로 한다. 순서라고 할 것까지는 없지만, 어린이문학 속의 '일상의 세계' '신비한 세계' '이상한 세계' 순으로 살펴보겠다.

그러나 여기서 말하는 어린이문학 속의 '어린이'가 대체 몇 살부터 몇 살까지를 가리키는가 하는 점에는 의문이 없지 않다. 유아용, 저학년용, 고학년용 등 어린이 책의 표지에 흔히 이런 말이 쓰여 있다. 만약 그런 발상으로 말한다면, 이 속의 '어린이'는 초등학생이라고 생각할 수 있다. 적어도 이 책에서 예로 든 책 중에는 '초등 고학년용'이 많다. 유아나 젊은이는 '어린이'가 아니라는 말로 비칠 수도 있다. 그러나 여기서 말하는 '어린이'는 0세에서 100세까지의 인간을 가리킨다. 앞으로 책을 읽기 시작할 유아에서 지금도 자기 속에 '어린이'를 간직하고 있는 어른을 말한다. 물론 0세에서 100세까지의 '어린이'라는 말만으로는 납득하지 못하는 사람도 있을 것이다. 그렇다면 '어린이'의 정의를 일단 이렇게 규정하자. 스스로 책을 읽고 스스로 공상을 펼치는 나이, 그리고 아직 수염이 자라지 않은 인간이라고.

1 어린이문학 속의 '일상 세계'

부모와 아이의 모습
ㅡ 야마나카 히사시 『내가 나인 것』의 경우

모험으로서의 가출
ㅡ E. L. 코닉스버그의 『클로디아의 비밀』을 중심으로

두 이야기의 차이
ㅡ 『위니 더 푸우』와 『빨간새』의 경우

부모와 아이의 모습

—야마나카 히사시 『내가 나인 것』의 경우

가출로 얻은 것

야마나카 히사시(山中恒)의 『내가 나인 것_ぼくがぼくであること』
(1969)에는 어른들이 얼마나 자기 입장을 내세우는지, 또 얼마나 고집스
레 그 입장의 정당성을 주장하는지 잘 나타나 있다. 이 책은 1969년에
출판되었다. 여기에서 작가는 종래의 가정상이나 부모 자식 관계를 철
저하게 비판한다. 이야기는 다음과 같이 시작된다.

"정말 너란 애는 뭘 시켜도 제대로 하는 게 없구나. 좀 노력해서 엄마
를 깜짝 놀라게 해 봐."

늘 이런 식으로 잔소리를 듣는 소년이 등장한다. 그 주인공의 이름은
히라타 히데카즈. 6학년이다. 엄마는 쉴새없이 꾸중을 한다.

"형제 중에서 네가 제일 형편없어."가 히데카즈에 대한 엄마의 생각
이다.

형이 둘, 누나와 여동생이 한 명씩 있다. "다들 성적도 좋고, 공부도 열심히 하고, 요령도 좋기 때문에 엄마 앞에서는 좀처럼 실수하지 않는"다.

아버지는 공처가로 엄마한테 꼼짝도 못한다. 엄마가 다른 형제들과 비교하며 히데카즈를 깎아내리면, "형제가 많으면 개중에는 잘난 놈도 있고 못난 놈도 있는 법이지. 게다가 못난 놈이 있으니까 우등생도 생기는 법이잖소. 생각해 보면 히데카즈 같은 아이 덕분에 우등생이 되는 아이가 있는 거요." 하고 소극적으로 변호한다.

히데카즈의 눈에 비친 엄마는 "잔소리를 좋아하는" 어른으로, "그렇게 잔소리를 할 바에야 나를 머리 좋은 아이로 낳지 그랬어. 자기 속으로 낳고 불평하다니 비겁해." 하고 말할 정도이다.

이러한 히데카즈의 어머니관과 가족관은 가출을 계기로 바뀐다. 가출은 뜻밖의 형태로 이루어진다. 히데카즈는 작은 공원 옆에 서 있던 소형 트럭의 짐칸에 올라타고, 그 사실을 모르는 운전자가 차를 몰고 떠난 것이다. 도중에 히데카즈는 어떤 '사건'과 맞닥뜨리고, 노인과 나츠요라는 6학년짜리 여자아이가 사는 집에 가까스로 닿는다. 히데카즈는 여름 방학 내내 이곳에서 지낸다.

가족과 떨어져 보낸 시간은 히데카즈에게 가족을 돌아보는 계기를 마련해 준다. 그렇다고 히데카즈가 가족에 대한 고마움을 느꼈던 것은 아니다. 나츠요의 친절한 보살핌을 받은 히데카즈는 이렇게 생각한다. '게다가 생각해 보면 히데카즈는 누나나 여동생의 보살핌을 받는 적이 없었다. 쓸데없는 참견은 받았지만 보살핌을 받아 고마웠던 적은 없었

다. 오히려 히데카즈가 무슨 일을 할라치면 다들 재미있어하며 훼방을 놓을 뿐이었다.'

가족과 거리를 둠으로써 히데카즈는 별로 행복하지 못했던 자신의 처지에 눈을 뜬다. 그리고 자신의 입장에서 부모의 입장으로 생각이 확대된다.

"너는 형편없는 아이야."라는 말을 히데카즈한테 하는 인사말쯤으로 생각하는 엄마…… 생각해 보면 고맙게 여긴 적이 한 번도 없었다. 고맙기는커녕 말을 못 하는 병에 걸렸으면 하고 생각하기도 했다. (중략) 날마다 녹초가 되어 돌아오는 아버지. 아무리 데릴사위라지만, 엄마가 무슨 말을 해도 싱글싱글 웃는 아버지. 만년 계장으로 언제까지나 과장으로 승진하지 못하는 아버지. 그러다가 정년을 맞을지도 모른다. 일찌감치 사나이임을 포기해 버린 것 같은 아버지…… 아이들 앞에서 히데카즈와 나란히 잔소리를 듣고도 못 들은 척하는 아버지…… 좀 미안한 말이지만, 도저히 존경할 수가 없다.

(자식한테 이런 존재밖에 안 되는 아버지도 괴롭다. 괴롭지만 이런 아버지도 없지 않으리라. 다소 과장된 면은 있지만……)

히데카즈는 여름 방학이 끝나갈 무렵 집으로 돌아간다. 가출로 얻은 것이라면 나츠요를 알게 된 일이다. 히데카즈는 '사건'에 휘말린 나츠요가 자기를 의지할 수 있는 사람으로 대한다는 것을 남몰래 자랑스러워하고 있었다.

히데카즈는 엄마한테 맞을지도 모른다는 각오를 하고 집으로 들어간다.

"너 누구니?" "뉘 집 자식인지는 모르겠다만 멋대로 남의 집에 들어오지 말아 줘!" 하고 엄마가 날카로운 목소리로 말한다.

여기서 울면 된다. '용서해 주세요' 하고 눈물을 뚝뚝 흘리며 엄마한테 매달리면 된다. 그렇게 하면 지금까지처럼 히데카즈는 히라타 집안의 셋째 아들이 될 수 있다. 하지만 히데카즈는 그렇게 하지 않았다. 예전과 똑같아지려고 가출한 것이 아니다.

히데카즈는 그렇게 생각한다. 몸을 빙 돌려 집을 나오려고 한다. 그 순간 엄마가 미친듯이 으르렁대며 두들겨팬다.

이 장면에서 어머니와 아들의 갈등은 압권이다. 야마나카 히사시가 표현하는 어머니는 한마디로 자신이 어머니라는 것을 유일한 정의의 근거로 삼고 있다. 가족을 혈연 공동체로 받아들일 뿐, 그것을 뛰어넘는 발상은 결코 하지 못한다. 인간은 가족 이외의 공동체를 만들 수도 있다는 생각은 하지 못한다. 하물며 어린이가 어린이로서 자립한 개인이라는 생각은 꿈에도 없다. 부모는 항상 옳고 자식은 항상 그르다는 발상밖에 없다. 『내가 나인 것』에서 이 어머니의 논리는 철저하게 비판당한다. 어머니의 '정의'의 우산에서 벗어나려 한다면 웬만한 비판으로는 어림도 없다고, 작가는 말하고 싶은 건지도 모른다.

히데카즈는 방바닥을 치며 울부짖는 어머니를 보고 생각한다.

　'그랬구나. 나를 보고 쓰레기라느니 머저리라느니, 무서운 얼굴로 겁을 줘도 사실은 젖먹이나 다름없었구나. 자기 뜻대로 되지 않는다고 이렇게 울부짖고 있어.' 히데카즈는 여지껏 이 세상 최대의 적으로 생각하던 어머니가 이렇게까지 가여웠던 적이 없었다.

　자식의 가출은 어머니를 당혹스럽게 만든다. 그러나 그 당혹감이 반드시 어머니의 편협한 논리나 잘못된 생각을 바로잡아 준다고 할 수는 없다. 히데카즈의 어머니는 모자 관계 자체보다 모자 관계에 쏠리는 외부의 시선에만 신경을 쓴다. 누나는 히데카즈에게 이렇게 말한다.

　"처음에 아버지가 당장 경찰에 신고하자고 했지만 엄마는 어차피 히데카즈니까 금방 돌아올 거라고 우겼어. 그런 일이 신문에 나는 게 싫다고 말야. 하긴 무리도 아니지. 네가 가출한 날 석간 신문에 어떤 교육 비평가가 아이들의 가출 이야기를 실었는데, 대개는 오로지 교육밖에 모르는 엄마한테 자식이 더 이상 저항하지 못해서 가출한다는 둥, 공처가 집안에 흔히 있는 일이라는 둥…… 별별 말을 다 했어. 엄마는 남들 눈에 자기가 그렇게 비치는 게 싫었던 거야."

　어머니는 모든 식구한테 비난을 받는다. 화가 나서 이번에는 자기가 집을 나가 버린다. 물론 어머니의 가출은 사흘을 넘기지 못한다. 히데카즈가 집에 돌아오지 않은 사실을 알고 파랗게 질려서 돌아온다.

히데카즈의 가출은 가족을 돌아보고 자신을 돌아보는 계기가 된다. 가출은 히데카즈가 히라타 집안의 셋째 아들이라는 입장에서 히라타 히데카즈라는 독립된 개인을 자각하는 첫걸음이었다. 그러나 히데카즈의 어머니는 가출을 통해서도 어머니라는 입장에 아무런 변화를 얻지 못한다. 집에 돌아온 뒤에도 여전히 잔소리를 해대며 히데카즈를 괴롭히고, 히데카즈한테 '사건'의 경과를 써 보낸 나츠요의 편지도 몰래 빼돌린다.

어머니는 우편물 분실 신고를 내려는 히데카즈와 충돌한다. "자식은 부모가 감독하는 게 당연합니다. 그런데 히데카즈 같은 미성년이 부모의 허락도 받지 않고 제멋대로 구는데, 어떻게 내버려 둘 수 있겠습니까?"라고 항변하면서 어머니는 기를 쓰고 히데카즈를 저지한다. 자식의 편지를 빼돌렸으니 뒤가 켕길 수밖에.

그러나 형제들은 히데카즈 편을 든다. 고등학생인 형은 "히데, 난 이제 네 마음을 알 것 같아." 하고 말한다.

"아무튼 이 집안 사람들은 아무것도 하면 안 돼. 눈앞에서 어떤 부정이 벌어져도 묵묵히 모른 척해야 돼. 부정을 바로잡는 건 엄마 취향에 안 맞으니까. 자식은 교과서 이외의 것을 보거나 듣거나 생각해서는 안 돼. 하지만 그건 부정을 인정하는 거잖아. 어디, 인정하기만 하는 거냐? 그건 부정을 옹호하는 거라고 생각해."

어머니는 믿었던 대학생 큰아들에게 배신을 당한다. 학생 운동에 관련되어 체포되기 때문이다.

이튿날 히데카즈는 나츠요네 집을 찾아간다. 그때 '사건'은 해결된다. 그러나 이야기는 좀더 이어진다. 히데카즈가 나츠요의 집에서 돌아와 보니 집이 없었다. 불에 타 버린 것이다. 불탄 자리에 형이 서 있었다. 엄마가 전기 다리미의 스위치를 깜빡 잊고 끄지 않은 것이다. 집이 불타고서야 땅이 저당잡혀 있었다는 사실도 알게 된다. 엄마가 섣불리 돈을 벌어 보려다가 실패한 것이다. 엄마는 충격으로 쓰러진다. 히데카즈는 나츠요가 준 떡을 들고 엄마를 만나러 간다.

'엄마는 내 얼굴 따위는 꼴도 보기 싫을지 몰라…… 하지만 나는 이 얼굴을 보여 주겠어. 엄마는 나를 때릴지도 몰라. …… 하지만 나는 피하지 않을 거야. 나는 역시 엄마의 자식이라는 것을 알려 주겠어. 그리고 나는 나라는 것도 알려 주겠어!'

히데카즈는 자기가 어머니의 자식이라는 것과 한 사람의 인간이라는 것을 동시에 자각한다. 동시에라는 말은 이렇게 표현해도 좋다. 어린이도 인간이다. 독자적인 입장을 지닌 개인이다. 그러나 개인의 자립은 다른 인간과 동떨어져 존재할 때가 아니라 다른 인간과 다양한 관계를 맺을 때 비로소 가능하다. 이야기는 위에서 인용한 히데카즈의 독백으로 끝을 맺는다. 자신은 히라타 집안의 셋째 아들임을, 어쩔 수 없는 천덕꾸러기임을 분명히 인식하는 데서 끝나는 것이다.

이 이야기에서는 나츠요의 할아버지 문제도 더불어 묘사된다. 노인은 원래 경찰이었다. 경찰 시절에 죽어 가는 조선인을 외면했다. 전쟁 말기에는 폭행을 당해 죽어 가는 탈주병을 끝까지 모른 척했다. 나츠요의 어머니는 그렇게 죽어 간 일본병의 여동생이었다. 그래서 노인은 나츠요의 어머니를 미워했다. 노인은 손녀딸인 나츠요는 맡아 길렀지만 발작을 일으킨 나츠요의 어머니는 돌보지 않았다.

노인에게 과거의 사건은 씻을 수 없는 무거운 죄이다. 자기 속에 그것을 숨기며 살고 있다. 손녀인 나츠요가 이 사실을 알게 되면 할아버지와 손녀 관계는 끝장날 것이라고 생각한다. 과거를 비밀에 부치는 것이 서로의 행복을 보장하는 일이라고 생각하고 있다. 노인은 마지막에 진실을 밝힌다. 그렇게 함으로써 지금까지의 생활이 소리를 내며 무너진다고 믿고 있다. 그러나 과거의 비밀을 죄다 알게 된 나츠요는 이렇게 말한다.

"······할아버지, 나츠요한테 과거 따윈 아무래도 상관없어요. 알고 싶은 것만 알면 돼요. (중략) 그리고 할아버지는 할아버지의 옛날 경험으로 여러 가지 생각을 하지만, 나츠요는 앞으로 여러 가지 경험을 해야 하고, 옛날이 아니라 앞으로가 문제예요."

노인은 울먹이는 얼굴로 고개를 내저었다. 나츠요가 할아버지한테 한 말은 히데카즈가 어머니에게 한 말이기도 하다. 이러한 아이들의 말을 통해 어른의 경험주의적 입장은 부정된다.

히데카즈의 어머니는 마지막까지 자립하는 개인으로서 어린이를 이해하지 못한다. 낳은 것도 자신이고 키운 것도 자신이다. 어째서 자식이 독립하여 자신에게 대항하는 존재일 수 있는가라는 사고 방식이다. 자신의 이해 틀 속에 자식을 끼워 넣고, 거기서 튀어나오는 부분을 '잘못'이라고 생각하는 발상이다. 이것이 자식을 불행에 빠뜨리고 자신을 비참하게 만든다는 생각은 꿈에도 하지 않는다. 어머니의 이러한 이기주의는 노인의 비밀주의와 닿아 있다. 노인 역시 자신이 납득하는 방식이 손녀의 불행을 부추기고 있다는 사실을 깨닫지 못한다. 어른의 경험이 절대시되어 아이들에게 영향을 미칠 때 아이들의 불행이 시작되는 것이다.

야마나카 히사시는 『내가 나인 것』에서 그러한 어른의 입장을 그려 냈다. 자립하는 어린이의 모습을 그려 냈다. 요즘 만화만큼은 아니지만 여기서도 어른의 왜소화가 어느 정도 드러난다. 어른의 입장을 막다른 곳까지 철저하게 몰아붙이지 않고서는 그들의 어린이관을 무너뜨릴 수 없다는 의도가 깔려 있기 때문이리라.

그 의도가 전해졌기 때문일까? 이 작품이 한 학습지에 연재되었을 때 '학습적이지 않다'는 독자의 불평이 쇄도했다고 한다. 그렇다면 어른에게 걱정을 끼치지 않는 어린이, 가출 따위는 꿈에도 생각하지 않는 아이들을 그리는 것은 '학습적'이란 말인가(이렇게 말한다고 해서 '가출 권유'가 어린이의 자립을 위한 유일한 방법이라는 것은 물론 아니다. 데라야마 슈지(寺山修司)의 책 중에도 『가출 권유_家出のすすめ』가 있었다. 그러나 '가출'은 목적이 아니라 수단이다. 어린이의 목적도 자립하는 것이다. 충격

적인 수단을 쓰지 않고도 인간은 자기를 확인할 수 있다. 여기서 야마나카 히사시의 『내가 나인 것』을 예로 든 까닭은 '어른의 왜소화'와 관련이 있기 때문이다. 마지막으로 이 점을 반드시 덧붙이고 싶다).

모험으로서의 가출

─E. L. 코닉스버그의 『클로디아의 비밀』을 중심으로

미술관으로 떠난 모험 여행

E. L. 코닉스버그(E. L. Konigsburg)의 『클로디아의 비밀_From the Mixed-up Files of Mrs. Basil E. Frankweiler』(1967)도 가출 이야기이다. 『내가 나인 것』은 어른과 어린이의 입장을 돌아보는 계기로서 가출이 묘사되어 있다. 『클로디아의 비밀』에서 가출은 어린이의 독자성을 나타내는 것으로 그려졌다. 『클로디아의 비밀』의 주인공은 어른들에게 익숙한 도시 속에서 미개척의 모험 세계를 창조해 낸다. '창조해 낸다' 기보다 '기존의 것을 새롭게 만든다'고 하는 편이 옳을지도 모르겠다. 그런 의미에서 이 이야기는 현대의 모험담이기도 하다.

그렇다면 어린이들에게 '모험'은 어떤 의미를 지니는 것일까.

두 소년은 옷을 주워 입고 무기를 감춘 다음, 산적이 없어진 세상을 아쉬워하며 숲을 떠났다. 이에 대한 보상으로 도대체 현대 문명은 무

엇을 했다고 주장할 수 있을 것인가 생각하면서. 둘은 미합중국의 대
통령으로 지내기보다는 차라리 1년만이라도 좋으니 셔우드 숲의 무법
자가 되는 게 낫겠다고 말했다.

이것은 어린이 책의 고전이 된 『톰 소여의 모험_The Adventures of
Tom Sawyer』의 한 구절이다.
　두 소년이란 톰 소여와 친구인 조 하퍼를 말한다. 마크 트웨인(Mark
Twain)은 『톰 소여의 모험』을 1876년에 출판했다. 위의 인용문은 톰과
조가 숲 속에서 로빈홋 놀이를 하는 이야기의 한 부분이다. 톰은 근대
문명이 영웅적인 악당을 몰아내 버린 것을 한탄한다. 이것은 악당이 사
라진 데 대한 아쉬움이라기보다 진정한 모험자의 부재에 대한 한탄일
것이다. 더구나 백 년 전의 한탄이다. 현대에는 놀이터로서 숲조차 사
라져 버렸다. 혼자서 숲 속에 들어가려면 그야말로 모험을 각오해야 하
는 환경에서 자라는 아이들은 수없이 많다. 만약 톰 소여가 이 상황을
보았다면 뭐라고 할까.
　마크 트웨인은 '정상적인 삶을 살아가고 있는 소년이라면 누구나 어
디론가 떠나 숨겨진 보물을 찾아 내고 싶다는 강렬한 욕망에 사로잡히
는 시기가 온다.'고 했다. 그의 말대로 마크 트웨인은 소년 톰을 보물찾
기로 내몰았다. 목적지는 도깨비집이다. 그러나 현대는 숲이나 드넓은
강과 함께 도깨비집마저 몰아내고 말았다. 숲과 도깨비집 대신에 현대
아이들이 갈 곳은 어디인가?
　코닉스버그가 그리려고 한 것은 자연을 잃어버린 대도시의 아이들이

며, 아이들의 모험 가능성이다. 주인공은 클로디아 킨케이드. 열두 살에서 한 달 부족하다. 동생 제이미 킨케이드, 아홉 살. 이 소녀와 남동생은 톰 소여처럼 숲으로 들어갈 수 없다. 숲이나 언덕 대신 뉴욕 거리로 모험을 떠난다. 물론 뉴욕에는 숲도 언덕도 도깨비집도 없다. 예를 들어 다음과 같이 살풍경하다.

뉴욕에 간다는 것은 피곤하고 짜증스러운 일이었다. 4학년 때 클로디아네 반은 맨해튼의 역사 유적지로 견학을 갔다. 조나단 리히터의 엄마는 아들이 뉴욕처럼 혼잡한 곳에서 일행과 떨어질까 봐 견학을 보내지 않았다. 성격이 좀 엉뚱한 리히터 아줌마는 아들 조나단이 '미아가 되어서 돌아올' 것이라고 장담했다. 그러면서 뉴욕의 공기가 아들한테 안 좋을 거라고 했다.

클로디아는 왜 이런 대도시를 가출 장소로 고른 것일까? 또 왜 가출해야 했을까? 그 점은 다음과 같이 쓰여 있다.

클로디아는 낡아빠진 방식으로는 절대로 가출할 수 없다는 사실을 알고 있었다. 낡아빠진 방식이란 홧김에 배낭 하나만 달랑 짊어지고 집을 나가는 것이다. 클로디아는 고생스럽고 불편한 건 딱 질색이었다. 심지어 소풍조차 구질구질하고 불편했으니까. 온갖 곤충이 몰려들고, 뜨거운 햇볕에 아이스크림이 줄줄 녹아 내리는 꼴이라니. 따라서 클로디아는 단순히 집 밖으로 도망치는 것이 아니라, 어디론가 숨어

들어가는 가출을 해야 한다고 결론지었다. 널찍한 곳, 편안한 곳, 지붕과 벽이 있으면서도 되도록 아름다운 곳으로. 그래서 클로디아는 뉴욕의 메트로폴리탄 미술관을 가출 장소로 정했다.

말하자면 쾌적한 가출이다. '가출'이라는 말에서 느껴지는 슬픈 이미지는 찾아볼 수 없다. 인간의 불행을 짊어진 불안정하고 음습한 도망도 아니다. 밝고 행동적이다. 이런 의미에서 클로디아의 가출은 톰 소여가 숲이나 동굴로 모험을 떠난 것과 다름없는 모험 여행이다. 가출하는 이유 속에도 그것을 뒷받침하는 말이 있다.

클로디아는 자기가 가출하려는 이유마저 잊어버릴 뻔했다. 하지만 완전히 잊을 수는 없었다. 클로디아의 가출 이유는 분명했다. 차별 때문이었다. 클로디아는 맏딸이자 외동딸이어서 차별을 받기 일쑤였다. 남동생들은 빈둥거리고 있는데, 혼자서 저녁 식사를 차리고 그릇을 치우는 날들이 허다했다. 그리고 클로디아는 잘 모르겠지만, 내가 보기에는 분명한 또 다른 이유가 있었다. 그것은 하루하루, 한 주 한 주가 똑같다는 거였다. 클로디아는 자신이 모든 과목에서 수를 받는 '우등생 클로디아 킨케이드'일 뿐이라는 게 지겨웠다.

이야기 속의 화자인 나는 바실. E. 프랭크와일러라는 부인이다. 이 이야기는 이 부인이 변호사인 색슨버그 씨에게 보낸 편지 형식으로 이루어져 있다. 왜 프랭크와일러 부인이 이 변호사에게 클로디아라는 소녀

이야기를 하는지는 이야기의 뒷부분에서 밝혀지는 구조이다. 이야기의 앞부분에는 가출 생활이 그려져 있지만, 뒤로 가면서 수수께끼를 푸는 문제가 덧붙여진다.

클로디아가 가출한 이유는 단조로운 일상 생활에 있다. 우수한 성적과 안정된 생활 속에 매몰된 자신에 대한 반박이다. 보통 이런 상태에 안주해 있는 어린이를 '착한 아이'라고 한다. 클로디아는 자기가 '착한 아이'인 것이 불만이다. '차별'이라는 표현을 썼지만, 사실은 자기가 그런 아이에 지나지 않는 것에 불만을 품고 있는 것이다. 왜 꼭 그런 아이여야 하지? 하고 클로디아는 자문한다. 이 자문에는 클로디아 자신은 깨닫지 못한 또 다른 의미가 포함되어 있다. 곧 어린이인 자기 자신이 무엇을 할 수 있는가 하는 것과 자신이 어떤 능력을 지닌 어린이인지 확인해 보고 싶은 욕구이다.

마크 트웨인은 그러한 욕구를 '보물찾기를 하고 싶어지는 시기'라고 표현했다. '보물찾기'에는 '보물찾기'를 할 수 있는 자기 자신이라는, 어린이로서 가능성을 추구하는 요소가 포함되어 있다. 또한 그런 자기 자신의 가능성을 확인하려는 움직임이 포함되어 있다. 동굴 탐험이나 어린아이가 어른 자전거를 타는 것도 일종의 '보물찾기'이다. 해적의 보물 대신 어린이는 그런 일을 할 수 있는 자기 자신을 손에 넣는다. 이와 같은 자기 가능성의 확인 행위를 통해 아이들은 성장한다. 그것은 어린이 자신 속에서 무엇과도 바꿀 수 없는 한 인간을 확인해 가는 일이기도 하다.

데쓰카 오사무(手塚治虫)의 만화 중에 『도로로_どろろ』라는 작품이

있다. 여기에는 몸의 대부분을 요괴한테 빼앗긴 핫키마루라는 젊은이가 나온다. 갖가지 요괴를 퇴치할 때마다 눈, 손, 발 등이 인간의 것으로 돌아온다. 겉모습만 인간이었던 존재가 겉모습뿐 아니라 내면도 인간이 되어 가는 이야기이다. 마찬가지로 실제 어린이들도 핫키마루처럼 '보물찾기'나 모험이나 엉뚱한 행동을 통해 자기 자신 속에 한 사람의 인간을 완성시켜 간다.

이것이 클로디아 개인의 문제가 아니라 모든 어린이와 관련된 문제라는 것은 다른 작품에도 잘 나타나 있다. 예를 들어 이마에 요시토모(今江祥智)의 『산 너머는 푸른 바다였다_山のむこうは靑い海だった』(1960) 역시 어린이의 자기 형성 과정을 잘 전해 주고 있다. 이 이야기의 주인공 야마네 지로는 이렇게 생각한다.

나는 왜 이렇게 소심할까. 나는 결심했다. 언젠가 반드시 혼자서 여행을 떠나자. 그리고 무슨 일이 벌어지든 놀라지 말자. 자신을 단련시키는 거다. 사내아이의 별명이 '분홍이'라니, 도저히 참을 수 없다.

지로는 다음과 같은 편지를 남긴다.

다카스기 신사쿠[2]를 본받아 단련하고 오겠습니다.

이 일본의 사내아이는 —단련을 위해— 여행을 떠났고, 클로디아 킨케이드는 —불공평에 항의하는— 가출을 생각했다. 그러나 실제 어린이가 한번쯤은 이런 행동이나 생각을 통해 자신을 발견하고 성장해 나간다는 점에서 클로디아와 야마네 지로는 공통점을 갖고 있다.

클로디아는 동생 제이미를 가출 동지로 고른다. 세 동생 가운데 제이미를 고른 것은 제이미가 '부자'이기 때문이다. 제이미는 남몰래 용돈을 모으고 있다. 더욱이 날마다 스쿨 버스 안에서 친구인 브루스와 카드놀이를 해서(그것도 속임수를 써서) 용돈을 불린다.

제이미의 결점은 복잡한 것을 좋아한다는 것이다. 단순한 것은 시시하다고 생각한다. 클로디아가 가출 계획을 종이에 써서 건네주자, 잘게 찢어서 버리면 될 텐데도 억지로 삼키려고 한다. 게다가 아무래도 이제 겨우 아홉 살이다 보니 때때로 엉터리 같은 말을 하기도 한다. '훼방'을 '해방'이라고 하거나 '부당한 일'을 '부랑한 일'이라고 하기도 한다. 또 뉴욕 시 한가운데서 나침반으로 방향을 살피고는, 왼쪽으로 꺾을 때는 "정북서쪽"이라고 의기양양하게 알려 준다. "다른 사람들처럼 그냥 오른쪽이나 왼쪽으로 가라고 하면 안 되니? 뭐가 그렇게 거창해?" 하고 클로디아는 투덜거린다. 그러나 제이미는 누가 뭐래도 24달러 43센트를 가진 '부자'이기 때문에 어지간한 일은 참고 넘어가야 한다.

가출 목적지인 메트로폴리탄 미술관(Metropolitan Museum of Art)은 2층 건물로, 8만 평방미터나 되는 광대한 세계다. 관람료가 없으며, 매주 25만 명이 넘는 관람객이 찾는다. 날마다 천 명도 넘는 초등학생들이 찾아오기 때문에 클로디아와 제이미가 은근슬쩍 끼어들기도 쉽다. 폐관 직전 화장실에 숨어 수위의 눈을 피했다가 영국 르네상스관의 침대에 기어들면 된다. 두 사람은 식사와 목욕도 미술관 안에서 대충 해결할 수 있는 방법을 생각해 낸다.

클로디아와 제이미는 그 밖에도 낮 동안의 일과를 정해 일반 입장객들과 함께 르네상스관이나 이집트 전시관을 둘러본다. 톰 소여가 미시시피 강가의 숲과 언덕을 모험 장소로 삼았듯이, 클로디아와 제이미는 광대한 근대 미술관 건물 자체를 숲과 언덕과 도깨비집으로 바꾸어 놓는다. 이것은 장난감의 세계를 현실 세계로 믿어 버릴 수 있는 상상의 날개를 가진 어린이들만이 창조할 수 있는 별천지이다. 여기서는 장난감 소꿉놀이 세트 대신에 갖가지 진짜 도구가 사용된다. 현실 세계가 장난감의 세계로 이행하는 셈이다. 이 가슴 설레는 체험은 두 아이를 정신없이 사로잡는다. 그리고 그 이상으로 독자를 사로잡는다. 그러던 어느 날, 갑자기 미켈란젤로(Michelangelo)의 수수께끼가 두 사람에게 던져진다.

메트로폴리탄 미술관이 미켈란젤로의 작품인 듯한 천사상을 사들인다. 경매장에서 사들인 것으로, 470년 전의 작품으로 추정된다. 원래 주인은 바실. E. 프랭크와일러 부인. 이 이야기의 첫머리에 나왔던 부인이다. 미술관은 학자나 전문가에게 조사를 의뢰하지만, 미켈란젤로의 작품이라는 확증을 잡지 못한다. 신문에서 떠들어 대고 관람객들이 물밀듯 몰려오는 가운데, 클로디아는 그 문제를 직접 풀어 보기로 결심한다. 제이미와 일을 분담하고 도서관에서 책을 조사하여 드디어 실마리를 찾아 낸다. 그러나 두 사람이 발견한 실마리는 미술관도 벌써 알고 있는 사실이었다.

"난 호수에 빠진 아이를 구하려고 뛰어들었다가 아이 대신 물에 젖은 굵은 통나무 하나만 달랑 건져 낸 것 같은 기분이야. 물론 그런 여걸도 있긴 하지. 얻은 것 하나 없이 물만 뒤집어썼어."

클로디아는 실망한다. 가출 생활을 중단하고 제이미와 집으로 돌아가려고 한다. 역에서 표를 사려다가 문득 프랭크와일러 부인을 찾아가 보기로 한다.

나는 멍청한 아이와 거래를 하고 있지 않다는 사실이 기뻤다. 그리고 클로디아의 용기에 감탄했다. 하지만 무엇보다도 클로디아에게 자신의 모험이 가치가 있다는 것을 깨닫게 해 주고 싶었다.

이렇게 말하며 프랭크와일러 부인이 등장한다. 이 부인 덕분에 미켈란젤로의 수수께끼는 풀리지만, 프랭크와일러 부인은 단순히 수수께끼를 푸는 탐정 역할만 하지는 않는다. 이 이야기 대부분을 차지하는 클로디아의 가출 생활이 갖는 의미를 밝혀 주는 사람이기도 하다. 프랭크와일러 부인은 이렇게 말한다.

비밀을 가지고 돌아가는 것이야말로 클로디아가 원했던 일이야. 천사상은 비밀을 가지고 있고, 그 비밀은 클로디아를 설레게 하고 중요한 사람으로 만들어 주었지. 클로디아는 모험을 바라지 않아. 모험을 하기에는 목욕과 편안한 느낌을 너무 좋아하거든. 클로디아에게 필요한 모험은 바로 비밀이야. 비밀은 안전하면서도 한 사람을 완벽하게 다른 사람으로 만들어 주지. 비밀이 존재하는 사람의 마음속에서 말이야.

클로디아는 지금까지와는 다른 자신이 되기 위해 가출을 했다. 자신이 어린이 일반, '착한 아이' 일반에서 이 세상에 단 하나뿐인 클로디아 킨케이드임을 확인하기 위한 행위였던 것이다. 정체성의 확인은 클로디아의 경우, 아무한테도 알려지지 않은 자신, 곧 '비밀'을 지니는 형태로 달성된다. '비밀'은 어린이의 겉모습을 바꾸지는 못해도 어린이 내면에 변화를 일으킨다. 그것이 클로디아의 모험이며『클로디아의 비밀』이다.

지금 클로디아는 조심스럽게 어른의 세계로 발을 들여놓고 있었다. 그래서 나는 클로디아를 살짝 밀어 주기로 결심했다.

프랭크와일러 부인도 이렇게 말한다(여기서 주의해야 할 것은 『클로디아의 비밀』의 프랭크와일러 부인은 『내가 나인 것』의 어른들처럼 어린이에게 '코가 납작해지는' 어른이 아니라는 점이다. 프랭크와일러 부인은 어린이의 아군으로 묘사되어 있다. 앞에서 왜소화된 어른의 예를 몇 가지 들었는데, 그런 어른과 프랭크와일러 부인의 차이는 어디에 있을까. '나는 살짝 밀어 주기로 결심했다.'는 말에서도 엿볼 수 있듯이 프랭크와일러 부인은 어린이를 쉼없이 성장하는 존재로 파악하고 있다. 자신의 경험이나 입장에 안주

한 채 어린이를 얕잡아 보지 않는다. 인간의 체험은 가슴에 달아 과시하는 훈장이 아니라, 항상 자신을 돌아보고 궤도를 수정하는 실마리이다. 그 점을 잊고 어린이를 대할 때, 어른은 권위주의에 빠진다. 프랭크와일러 부인은 그렇지 않다. 자기 체험을 절대화하지 않고 그것을 실마리로 인간을 이해하려 한다. 어린이를 윽박지르는 수단이 아니라, 어린이 속에서 인간을 발견하는 실마리로 삼는다. 어린이 책을 쓰는 작가는 프랭크와일러 부인과 마찬가지로 크든 작든 어린이를 현재 살아 있는, 독자적인 시간을 가진 인간으로 파악한다. 왜소화된 어른처럼 어른의 입장에서 '지나간 한 시기'로 얕잡아 보지 않는다).

『내가 나인 것』과 마찬가지로 『클로디아의 비밀』도 스스로를 확인하는 존재로 어린이를 파악하고 있다. 정지된 '영원의 어린이상'이라는 형태가 아니라, 행동하고 그 속에서 부단히 발전하려는 인간으로 파악하고 있다. 이를 위해 어른의 이해 범위를 넘어서는 일도 과감하게 해내는 존재로 그린다. 이런 어린이상은 현대의 어린이상이다. 이런 어린이상은 『산 너머는 푸른 바다였다』나 시드 플라이시만(Sid Fleischman)의 『커다란 뿔 수저로_By the Great Horn Spoon!』(1965)에서도 찾아볼 수 있다. 지난날 인간의 '고향'으로 여겨졌던 어린이는 어른의 '고향 의식'에서 해방되어, 이제 어른과 대등하게 관계를 맺는 인간으로 인식되고 있다. 현대는 여기까지 묘사할 수 있게 되었다.

왜 현대 어린이를 그리는가

코닉스버그는 『클로디아의 비밀』로 1968년도 뉴베리상(The Newbery Medal)을 받았다. 뉴베리상은 1922년에 창설된 것으로, 일 년 동안 발표된 어린이문학 작품 중에서 가장 우수한 작품에 주어진다. 코닉스버그는 수상 소감을 다음과 같이 말했다.

내가 뉴욕으로 이사 온 첫해 겨울에 신문사의 장기 파업이 있었습니다. 그 무렵 나는 토요일을 자유의 날로 정해 놓았기 때문에 오전에는 그림 공부, 오후에는 맨해튼 산책으로 시간을 보내고 있었습니다. (중략) 어느 토요일, 마침 내가 극장 지역 한복판에 있을 때 한 무리의 10대 소녀가 황급히 뛰어가면서 "롤링 스톤즈야, 롤링 스톤즈!" 하고 떠들어 대고 있었습니다. 앞쪽에는 머리를 길게 기른 청년 몇 명이 뛰기 시작하더니, 골목길 —분명히 슈베르트 골목이었습니다— 로 달아났습니다. 여자아이들은 득달같이 쫓아갔습니다. 그러자 롤링 스톤즈가 한 덩어리로 모였습니다. 그리고 모여든 여자아이들이 지켜보는 가운데, 그들은 한 다발의 머리카락처럼 꼭 달라붙어 사인을 해 주고 있었습니다.

집으로 돌아온 나는 식구들에게 이 자그만 사건을 이야기했습니다. 하지만 그것만으로 충분하지 않았습니다. 다음다음 날, 나는 그 이야기가 실린 신문을 식구들에게 보여 주고 싶었습니다. 하지만 그날 신문은 일요판이 나오지 않았습니다. 그 이야기는 기사화되지 못하고 말았습니다. 분명 내가 목격한 것인데도 끝내 문자화되지 못한 것을 나는 아쉽게 생각했습니다. 지금도 그것이 안타깝습니다. 내가 경험한 일이 더욱 현실감을 가질 수 있도록, 나는 그것을 말로 표현하고 싶습니다.

이 말은 시사하는 바가 매우 크다. 한 어른이 왜 어린이 책을 쓰는가 하는 질문에 하나의 답을 제시한다고 생각한다. 길모퉁이에서 목격한 그룹 사운드에 얽힌 사건이 다음날 보도되지 않은 점에 대한 아쉬움은 물론이고, 그 사실이, 그런 현대 젊은이의 모습이 조금도 독자적인 것으로 전해지지 않는다는 점을 지적하고 있다. 요즘 어린이들은 사인을 받고 싶어하고, 사인을 해 주는 형태의 삶을 살고 있는데도 그런 현대 어린이의 모습이 무시되는 것에 대한 의문과 불만을 이야기하고 있는 것이다. 물론 롤링 스톤즈라는 장발의 젊은이들은 오늘날 어린이의 상황을 말해 주는 하나의 상징으로 보아도 무방하다. 그리고 코닉스버그의 경우, 신문이 아니라 어린이문학 현재의 모습에 이런 의문과 불만을 터뜨리고 있는 것이다.

왜 언제까지나 F. H. 버넷(Frances Hodgson Burnett)의 『비밀의 화원 _The Secret Garden』(1910)이나 P. L. 트래버스(P. L. Travers)의 『메리 포핀스_Mary Poppins』(1934)만이 어린이문학의 모든 것인 양 일반인에게 받아들여지고 있는가. 이런 정반대의 질문과도 이어진다. 이것은 코닉스버그만의, 또 미국만의 질문이 아니다. 그대로 일본에도 해당된다. 왜 전전(戰前)의 오가와 미메이(小川未明)³⁾의 동화나 다이쇼 시대⁴⁾ 후기에 쓰여진(정확하게는 쓰여졌다고 추정되는) 『바람의 마타사부로_風

の又三郎」⁵⁾만이 어린이 책으로 취급받는가, 왜 『어린 왕자_Le Petit Prince』(1943년)나 『꼬마 검둥이 삼보_The Story of Little Black Sambo』(1899)만이 어린이문학인 양 이야기되는가 하는 질문과도 겹쳐진다. 어린이는 지난날 작품 속에서 묘사되던 모습 그대로 생활하고 있는가? 어린이는 지난날의 작품에 속속들이 묘사되어 있으므로 더 이상 쓸 것이 없는가? 코닉스버그는 이런 질문을 던진다. 이 질문에는 어린이를 고정된 존재로 보는 어른에 대한 반론과 동시에 어린이 책을 고정적으로 보는 관점에 대한 반론도 포함되어 있다.

　『메리 포핀스』를 읽으면 4반 세기 전 영국 중상류층의 가정 생활, 사실에 근거한 가정 생활을 엿볼 수 있습니다. 그 집에는 메리 외에도 요리사, 로버트슨 에이 씨 등이 있습니다. 은행원 집 외벽은 페인트칠이 벗겨져 있습니다. 오하이오 주 셰이커힐이나 뉴저지 주 퍼래머스 근처에 이러한 집이 있을까요? 아마 없을 것입니다.

　『비밀의 화원』을 읽으면 거기에도 우리가 말로만 듣던 별세계가 있습니다. 넓은 영지가 있고, 2대에 걸쳐 주인에게 충성을 맹세하는 하인들이 있습니다. 아버지는 딱히 이렇다 할 수입원이 없습니다. 풀도 베지 않고 씨앗도 뿌리지 않고 통근도 하지 않습니다. 이 아버지는 너그러운 육아법 따위는 들어 본 적도 없을 것입니다. 그가 자신을 탐구하기 위해 유럽 곳곳을 떠돌아다니고, 그 때문에 가족을 내팽개치더라도 아무도 비난하지 않습니다. 이런 가족 역시 사실에 기반을 두고 있는 것은 사실이지만, 그 사실 자체가 우리와는 너무나 거리가 멉니다.

코닉스버그의 이 말대로라면 『빨간새_赤い鳥』[6]에 실린 작품이나 그와 관련된 오가와 미메이의 작품도, 오늘날 어린이의 상황에서 말한다면 까마득히 먼 옛날 작품인 셈이다. 『빨간새』에 관해서는 뒤에서 언급하겠지만 여기서는 어린이문학의 명작 또는 고전으로 정착된 것이 어떤 시기, 어떤 사회 구조 속에서 만들어졌건 간에 그때의 어린이관이나 어린이상의 표현일 뿐, 제아무리 뛰어난 작품이라 하더라도 현대 어린이 문제의 모든 것을 망라하고 거기에 대입할 수 있는 것은 아니라는 사실을 알면 된다(성인 문학의 경우에도 '명작 지상주의'가 설 땅을 잃었다는 것은 이미 상식이라고 할 수 있다).

옛날에는 롤링 스톤즈 같은 젊은이가 없었기 때문이 아니다. 롤링 스톤즈 같은 젊은이를 배출할 여지가 없었고 그럴 상황이 만들어지지 않았기 때문이며, 어린이들이 어른들의 머릿속에 든 어린이 이미지에 지금보다 훨씬 철저하게 속박되어 있었기 때문이다. 그 시대의 어린이 책 작가는 그것이 어린이에게 도움이 된다고 생각했는지도 모른다. 예를 들어 『메리 포핀스』도 마찬가지이다.

앤드루라는 개가 짖는다. 메리 포핀스는 개의 말을 알아듣는다. 그래서 개한테 대답을 해 준다. 여기까지는 메리 포핀스를 신비한 힘을 지닌 젊은 요술쟁이 정도로 생각할 수 있다. 그러나 같이 산책을 하던 뱅크스 가의 아이들인 제인이나 마이클은 둘의 대화가 몹시 궁금하다. 앤드루와 메리 포핀스가 무슨 이야기를 나누었을까. 궁금한 것이 당연하다. 아이들은 언제나 뭐든지 궁금해하는 법이니까.

숨돌릴 새도 없이 물었다.

"앤드루가 뭐래요?"

메리 포핀스가 말했다.

"그냥 인사만 했어!"

그러고는 아무 말도 하고 싶지 않다는 듯, 입을 꼭 다물었다.

(중략)

마이클이 "거짓말!" 하고 말했다.

제인도 말했다.

"그랬을 리 없어요!"

메리 포핀스는 까딱도 하지 않고 말했다.

"그래, 너희들만큼 잘 아는 사람이 있으려고. 늘 그렇잖아."

마이클이 말했다.

"앤드루는 아줌마한테 주가 어디에 사느냐고 물었을 거예요. 틀림 없어."

메리 포핀스가 콧방귀를 뀌며 말했다.

"흥, 알면서 묻긴 왜 물어? 난 백과 사전이 아냐."

제인이 나섰다.

"아이, 마이클. 그런 식으로 물으면 절대로 얘기 안 해 주실 거야. 메리 아줌마, 앤드루가 뭐라고 했어요? 제발 가르쳐 주세요, 네?"

메리 포핀스가 마이클을 흘겨보며 고개를 까딱까딱하다가 말했다.

"마이클한테 물어 보렴. 쟨 모르는 게 없어. 만물박사잖아!"

(중략)

"세 시 반이다. 간식 시간이야."

메리 포핀스는 그렇게 말하고는 조개처럼 입을 딱 다물고 유모차를 돌렸다. 집으로 돌아가는 길에도 메리 포핀스는 한마디도 말을 안 했다.

메리 포핀스의 태도는 매우 냉담하다. 빈정대고 비웃을 때조차 있다. 위의 인용문을 보면, 아무리 요술쟁이라지만 너무 거만한 거 아냐? 하는 말이 절로 나온다. 그런데도 아이들은 메리 포핀스에게 애원하듯 매달린다. 작가인 트래버스가 일부러 그런 성격을 메리 포핀스에게 부여했다고 볼 수 있다. 그렇다면 이러한 엄격함 덕분에 마이클과 제인이 말 잘 듣는 '착한 아이'로 지낼 수 있는 것일까?

"아, 메리 아줌마! 난 다시는 나쁜 짓을 하지 않겠어요!" 하고 제인이 말하는 장면이 있다. 딱히 다른 장과 설정이 다른 것도 아니다. 이야기의 줄거리는 늘 냉소적인 메리 포핀스의 말로 시작되어 아이들이 신비로운 요술을 경험하는 것으로 이어진다. 그리고 말로 표현하느냐, 안 하느냐의 차이는 있지만 마지막에는 메리 포핀스에 대한 감사의 마음이나 반성하는 마음을 드러내는 것으로 끝맺는다. 마이클이나 제인도 그런 점에 전혀 변화가 없다. 메리 포핀스라는 요술쟁이의 엄격한 규율 안에서 한 발도 내딛지 못한다. 그에게 반항하며 지배에서 벗어나려고 하지도 않는다. 그 마력의 지배를 받으며 그것을 기꺼이 감수하는 어린이로 그려진다. 어린이는 당연히 이런 생활을 해야 한다고, 트래버스는 암암리에 주장하고 있다는 생각조차 든다. 마이클과 제인의 부모님인 뱅크스 부부도 마찬가지다. 메리 포핀스가 없으면 집안이 난장판이 된다고 한탄하며 메리 포핀스를 애타게 기다린다.

요술을 이용하여 "다시는 나쁜 짓을 하지 않"도록 교육받은 어린이상. 여기서도 코닉스버그와는 또 다른 의미에서 '까마득히 먼' 거리가 느껴진다. 메리 포핀스적인 세계에서는 롤링 스톤즈를 비롯한 현대 어린이는 하나같이 어린이답지 않은 어린이가 되어 버릴 것이다. 메리 포핀스적인 틀에서 벗어나면 그 독자성마저 무시되기 십상이다. 그만큼 어른과 어린이의 모습은 '교육'을 중심으로 그려져 있다.

과거에 그려졌던 어린이상이 어린이의 모든 것을 말해 준다고 생각하는 것은 일종의 나태한 사고 방식이다. 과거에는 그려진 적 없는 어린이가 끊임없이 나타난다는 사실을 잊고 있는 것이다. 이것이 코닉스버그가 글을 쓰게 된 이유이다. 새로운 어린이 책을 쓰는 이유이다.

고전적인 명작만을 어린이 책이라고 생각하는 어른들은 과거의 틀 속에서 만들어진 어린이상에 현대 어린이를 억지로 끼워 넣고 있지는 않은가? 시대나 상황의 변화는 어른만이 느낄 수 있으며, 어린이는 변하지 않는다고 착각하고 있는 것은 아닌가? 물론 어린이는 '온실' 속에서 키워야 한다는 사고 방식도 있다. 격리의 발상이다. 그러나 발상은 발상일 뿐, 실제로 어린이는 어른과 같은 시대 속에 살고 있다. 즉 온실 밖에 있는 것이다.

두 이야기의 차이

—『위니 더 푸우』와 『빨간새』의 경우

어린이의 '놀이터'를 만든 밀른

어른이 왜 어린이를 위해 책을 쓰는가라고 할 때, 다른 이유도 성립한다. 롤링 스톤즈라는 장발의 한 무리로 상징되는 현대 어린이를 그리고 싶다는 이유보다 좀더 친근한 이유가 있다. 가장 유명한 것이 A. A. 밀른(A. A. Milne)과 스즈키 미에키치(鈴木三重吉)[7]의 경우이다.

밀른의 『위니 더 푸우_Winnie-the-Pooh』(1926)는 지금도 널리 사랑받고 있는 어린이 책이다. 이 책을 쓰게 된 동기는 밀른이 자기 아이에게 이야기를 들려주기 위해서였다. 스즈키 미에키치가 잡지 『빨간새』(1918)를 창간한 이유도 이와 비슷하다. 자신의 아이가 안심하고 읽을 만한 책이 없었기 때문이다. 다만 미에키치의 경우 자신의 아이는 그당시 갓 태어난 젖먹이였으므로, 밀른이 자신의 아이 크리스토퍼 로빈에게 이야기를 들려주려고 한 경우와는 조금 다르다. 즉 자기 어린 시절 읽을거리의 빈곤함, '현재'(1918년) 어린이 잡지의 조악함을 우리 아이를 계기로 돌아보자는 것이었다. '빈곤함'이나 '조악함'은 미에키치 자신의 말이다.

『소년 구락부_少年倶樂部』의 편집자였던 가토 겐이치(加藤謙一)의 『소년 구락부 시절_少年倶樂部時代』(1968)에는 당시의 어린이 잡지가 다음과 같이 소개되어 있다.

> 창간 당시(1914년에 창간된 『소년 구락부』를 지칭-저자 주) 가장 두드러진 동류지로는 박문관(博文館)의 『소년세계_少年世界』, 시사신보사(時事新報社)의 『소년_少年』, 실업지일본사(實業之日本社)의 『일본소년_日本少年』 세 잡지를 들 수 있었지만, 내가 『소년 구락부』를 담당하기 시작한 1921년경에는 위의 세 잡지 외에도 『제국소년_帝國少年』, 『비행소년_飛行少年』, 『세계소년_世界少年』, 『소국민_小國民』, 『해국소년_海國少年』, 『무협소년_武俠少年』, 『담해_譚海』, 『양우_良友』, 『빨간새』, 『금배_金の船』, 『동화_童話』 등이 난립하고 있었다.

미에키치가 이 중 어떤 잡지를 조악하다고 보았는지 불분명하지만 적어도 『빨간새』를 창간했다는 점에서 미루어 볼 때, 이 잡지를 대신할 수 있는 것은 존재하지 않는다고 생각했던 것은 확실하다. 『빨간새』 창간 때 발표된 「동화와 동요를 창작하는 최초의 문학적 운동_童話と童謠を創作する最初の文學的運動」을 보면, 미에키치가 동시대의 잡지·읽을거리를 싸잡아 비난하고 부정하고 있음을 알 수 있다.

사실 모든 부모님이 자녀들의 읽을거리 때문에 큰 어려움을 겪고 있는 듯합니다. 현재 나돌아다니는 소년소녀용 읽을거리나 잡지 대부분은 그 조악한 표지만 보아도 우리 역시 결코 아이들에게 사 주고 싶지 않습니다. 이런 책이나 잡지의 내용은 한결같이 공리(功利)와 센세이셔널한 자극과 묘한 애상으로 가득 찬 천박한 것들일 뿐 아니라 그 표현도 심히 천박하여, 이런 것들이 어린이의 품성이나 취미나 문장에 직접적으로 영향을 끼친다고 생각하면 참으로 씁쓸하기 짝이 없습니다. 서양인과 달리 우리 일본은 안타깝게도 지금까지 어린이를 위한 예술가를 단 한 사람도 갖지 못했습니다. 우리는 우리가 어렸을 때 어떤 책을 읽었는지 돌아보기만 해도 우리 어린이들을 위해서는 훌륭한 읽을거리를 만들어 주고 싶습니다.

그 결과 미에키치는 '빨간새의 좌우명'으로 다음과 같은 가치 규율을 세웠다. '현대 일류'의 '권위 있는' 작가의 '순수하고 아름다운' 작품. 그것은 '이야기 소재의 순수함을 자랑할 뿐 아니라' '일반 일본인의 표현의 규범'이 되며 어린이의 '순수한 감성을 보전 개발'하는 것이다.

『빨간새』나 미에키치의 공적에 대한 글은 많다. 그러나 여기서 문제는 그가 어린이를 어떤 존재로 받아들였냐 하는 점이다. 밀른은 자신의 아들 크리스토퍼 로빈에게 『위니 더 푸우』 이야기를 들려주었다. 미에키치는 자신의 아이를 계기로 어린이 일반을 위해 『빨간새』를 창간했다. 양쪽 다 현실의 어린이가 출발점이었지만 여기에는 명확한 차이가 있다. 밀른이 만들어 낸 것은 미에키치가 목적했던 '권위 있는' '표현의 규범'이 아니다. 『위니 더 푸우』를 읽어 보면 알겠지만, 밀른의 목적은 어린이에게 '놀이터'를 제공하는 것이다. 말로써 '즐거운 세계'를 창조하는 일이며, 그것을 어린이에게 주는 일이다.

곰 푸우가 벌꿀을 따려는 장면이 있다. 풍선을 불어 그것에 매달려 벌집이 있는 나무에 오르려고 한다. 크리스토퍼 로빈이 풍선의 줄을 놓는다.

갑자기 줄을 놓으니까 푸우 베어는 하늘로 우아하게 둥둥 떠올라서 거기에서, 그러니까 나무 꼭대기보다 6미터쯤 높은 곳에서 멈췄어.

네가 소리쳤지.

"만세!"

위니 더 푸우는 아래에 있는 너한테 외쳤단다.

"너무 멋지지 않아? 내가 뭐같이 보이니?"

"풍선에 매달려 있는 곰같이 보여."

푸우는 발칵 화를 냈지.

"그러니까…… 파란 하늘에 떠 있는 조그마한 까만 구름 같지 않고?"

"별로 그렇게 보이지 않는데?"

"아, 그래, 그렇지만 여기 높은 데에서는 다르게 보일지도 몰라. 그리고 내가 말했다시피 벌들이란 전혀 종잡을 수가 없으니까."

곰 인형과 어린이의 대화이다. 여기에는 어린이가 장난감으로 만들어 낸 놀이의 세계가 있다. 밀른은 말로써 그 세계를 만들어 냈다.

"하지만 위니 더 푸우는 하늘에 떠 있으면서 내내 풍선 줄을 잡고 있었기 때문에 팔이 뻣뻣하게 굳어서 1주일도 넘게 팔을 들고 지내야 했는데, 파리가 날아와서 코 위에 앉으면 입으로 푸우 하고 불어 날려야 했단다. 내 생각에는 말야, 확실한 건 아니지만, 그래서 늘 위니 더 푸우를 푸우라고 부르는 것 같아."라는 식이다.

이 밖에 아기 돼지와 회색 당나귀 이요레, 토끼와 캥거루도 등장한다. 이들이 푸우나 로빈과 함께 만들어 내는 것은 하나의 '재미있는' 세계이다. 어린이는 그 세계를 자유롭게 드나듦으로써 즐거움을 맛본다. 자신이 장난감을 갖고 재미있게 놀려고 할 때의 상황을 훨씬 더 명확한 형태로 반추한다. 막연히 이랬으면 좋겠다고 생각한 것, 어떻게 하면 재미있을지 잘 몰랐던 것 등 스스로 좀처럼 틀을 잡지 못하고 고민하던 놀이의 형태 하나가 이 세계 속에 정착된다.

이것만 보아도 알 수 있듯이 『위니 더 푸우』의 세계는 뭔가를 배우기 위해 들어가는 곳이 아니다. 회색 당나귀 이요레가 인간의 염세주의를 희화적으로 표현하고 있음을 아는 것은 어른의 입장이다. 어린이들은 어른이 된 뒤에 푸우의 세계에 그런 인간 유형의 모델이 있었음을 알게 된다. 그것으로 좋은 것이다. 그러나 밀른은 늘 비관적인 이요레를 등장시킴으로써 어린이에게 염세주의가 무엇인지 가르쳐 주려고 한 것은 아니다. 어른인 밀른은 어린이의 놀이터에 불쑥 나타나 근면해야 한다는 둥 감사의 마음을 가져야 한다는 둥 떠들어 대는 '우스꽝스러운' 짓은 하지 않았다. 『위니 더 푸우』는 최대한 어른의 가치관을 잊어버리고 어린이가 가치 있다고 여기는 것을 그리려고 한 세계이다. 속편인 『푸우 코너에 있는 집_The House at Pooh Corner』(1928) 역시 마찬가지이다.

스즈키 미에키치—선도의 사명감

그런 점에서 『빨간새』는 완전히 대조적이다. 동시대의 잡지·읽을거리의 '저급함' '어리석음'을 부정한다는 사명감도 있었던 탓인지, '일반 일본인의 표현 규범을 전수한다'는 어른의 책임을 최우선으로 표명한다. 어린이의 놀이터를 만든다는 의식이 아니라 어린이에게 '순수하고 아름다운 읽을거리를 제공'한다는 의식이다. '순수하고 아름다운 이야기'는 '현대 일류 수준의 유명 작가이자 권위 있는 몇몇 작가의 찬동' 하에서 태어난다고 미에키치는 생각한다. 이것은 어린이의 세계를 알고(알려고 노력하고) 그것을 출발점으로 삼는 태도가 아니다. 또 과거의 어린이 책이 도달한 지점을 확인하고 거기에서 출발하는 태도도 아니다. 성인 문학의 권위는 당연히 어린이문학에서도 그 효력을 발휘할 것이라는 낙천주의이다.

'순수하고 아름다운'이라는 규범은 무엇보다 어른인 미에키치 속에 있는 셈이다. 그런 다음에는 여기에 맞는 표현을 확보하기만 하면 된다는 사고 방식이다. 미에키치가 당시 어린이문학 작가의 작품에 많은 주필을 가한 이야기는 유명하다.

어느 해 정월, 새해 인사를 갔을 때 선생님은 술을 드시고 계셨는데,

"매호 열심히 고쳐 주고 있네만, 어떤가, 공부가 좀 되었는가?" 하고 물으셨습니다. 꽤 취하신 상태였는데 내가 그만 "예, 매호 폐를 끼쳐서…… 그런데 선생님이 고쳐 주시면 문장은 매우 훌륭해지지만 제 의도는, 뭐랄까, 좀더 소박한 것이었는데……" 하고 말했습니다. 그러자 "뭣이!" 하고 노한 목소리로 호통을 치셔서 바짝 긴장했습니다. 지금까지 들어 본 적이 없는 목소리였습니다. "좋아, 그런 말을 한다면 지금부터 쓰보타 죠지론(論)을 들려주지. 이보게, 하마, 이리 오게. 스즈도 이리 오고." 선생님은 안쪽에 대고 소리쳤습니다.

이것은 쓰보타 죠지(坪田讓治)의 『미에키치와 '빨간새'_三重吉と '赤い鳥'』의 한 부분이다. 1934년의 추억이므로 후기 『빨간새』 시절이다. 이 일화에서 알 수 있듯이 미에키치는 자기 내부의 규범을 완고하게 지니고 있었다. 여기에 맞추어 문장을 고쳐 썼다. 반드시 이래야 한다는 규범은 문장만의 문제가 아니다. 미에키치 내부에는 그런 문장을 읽어야 하는 존재로서 어린이상이 자리잡고 있었다는 말도 된다. 자기 내부에 확고하게 수립되어 있는 어린이관이 현실의 어린이보다 선행되었다.
예를 들어 에구치 치요(江口千代)의 작품 중에 『세계동맹_世界同盟』이라는 것이 있다. 1919년 『빨간새』에 실렸다. 세 아이가 "우리, 앞으로 더 사이좋게 지내도록 셋이서 동맹을 맺자."는 장면에서 시작된다. 어린이가 저마다 각국의 나라 이름을 댄다. 그것을 세계 동맹이라고 한다.

이렇게 해서 어느새 온 마을의 아이들은 여자아이든 남자아이든 모두 이 동맹에 들었다. 그러자 이제 이 마을에서는 아이들끼리 싸우는 모습은 눈을 씻고 찾아도 볼 수 없게 되었다. 그리고 장난치는 아이도 하나도 없었다. 게다가 다른 동네 아이들한테 시달릴 걱정도 없어졌기 때문에 모두들 즐겁게 하루하루를 보냈다.

줄거리는 이것뿐이다. 과연 아이들이 장난을 치지 않고도 즐거울 수 있을까? 이런 '사이좋은 인형' 같은 어린이가 실제로 있을까? 이런 의문 한 번 가져 보지 않고 이런 작품을 싣는다. 여기에서 미에키치의 가치 기준을 엿볼 수 있다. 물론 이것은 극단적인 예일 수도 있다. 고지마 마사지로(小島政二郎)가 썼듯이 『빨간새』의 작품 중에는 대작(代作)도 있다. 대작도 실릴 수 있었다는 말이다. 그러나 미에키치의 규범에 맞아야 한다는 조건이 작가의 개성, 독자의 현실보다 선행되었다. 같은 현실의 어린이를 출발점으로 삼았지만, 결과는 밀른의 『위니 더 푸우』와는 정반대였다.

『빨간새』가 하나의 문학 운동으로 문단이나 사회의 주목을 받았음에도 일본의 현대 어린이문학이 『빨간새』 운동을 모체로 성립되지 않고 오히려 그 영향에서 벗어난 지점에서 성립되어 갔다는 것은 이 고정된 규범주의와 무관하지 않다. 미에키치는 미야자와 겐지(宮澤賢治)의 작품이나 『톰 소여의 모험』을 인정하지 않았다고 한다. 만약 그렇다면 미에키치의 규범은 현실의 어린이를 속박했을 뿐 아니라 미에키치 자신의 문학 관점도 속박했던 셈이다.

오늘날의 상황을 볼 때, 학교에서는 어린이들에게 이미 충분한 것들을 가르치고 있다. 아니, 어린이가 그 부담을 견디기 힘들 정도라고 생각한다. 따라서 수업을 마치고 집으로 돌아온 어린이에게 잡지가 또다시 학습에 관한 것들을 가르치려 한다면, 어린이들은 오히려 식상해하지 않을까? 나쁘게 말하면, 오히려 어린이들을 해칠 우려가 있다고 생각한다.

이것은 『소년 구락부』 창간 당시(1914) 편집 방침의 일부이다. 노마 세이지(野間淸治)[8]가 쓴 글이라고 한다. 여기서 말하는 학교 교육이 충분하다는 주장이나 그 뒤 『소년 구락부』에 실린 작품의 내용에는 검토해야 할 부분이 있을 것이다(『소년의 이상주의_少年の理想主義』에 수록된 사토 다다오(佐藤忠男)의 「소년의 이상주의에 관하여_少年の理想主義について」는 『소년 구락부』의 역할을 긍정적으로 평가하고 있다). 그러나 잡지의 발전 방향이나 결과를 일단 논외로 하고 평가한다면, 여기에서 말하는 '반(反)학습'은 어린이가 무엇을 필요로 하는지 『빨간새』보다 잘 파악했기에 가능한 발상이다. 비록 『톰 소여의 모험』은 탄생하지 못했지만, 『소년 구락부』에서는 『톰 소여의 모험』 대신 「해양 모험 이야기_海洋冒險物語」나 「울부짖는 밀림_吼える密林」이 탄생했다. 이런 이야기는 적어도 어린이들을 '착한 아이'의 틀 속에 가두지는 않았다. 이야기의 재미를 갖추고 있다는 점에서, 재미를 망각한 성실주의 어린이관보다는 어린이와 가까운 거리를 유지했다고 할 수 있다.

'왜 어린이를 위해 쓰는가'라는 질문이 반복된다. 그 해답 가운데 하나로, 선도의 사명감을 그 이유로 내세우는 입장이 있다. 일본에서는 이런 입장이 뿌리내리고 있었다. 그 한 예가 미에키치의 경우이다. 거기서는 『위니 더 푸우』나 『톰 소여의 모험』은 탄생하지 않았다. 왜냐하면 『톰 소여의 모험』만 보더라도 알 수 있듯이 톰 소여는 이른바 '착한 아이'가 아니다. 착하기는커녕 난폭하고 공부를 싫어하며, 여자아이의 꽁무니를 따라다니고, 결국에는 가출을 할 뿐 아니라 담배까지 피우는 아이이다. 톰이 삶의 보람으로 삼는 것은 모험에 대한 동경과 실천이다. 『빨간새』의 어린이관에 비추어 본다면 부정해야 마땅한 '나쁜 아이'이다. 여기에 자신의 가능성을 시험해 보려는 어린이의 독자성이나 자유에 대한 추구가 담겨 있다고 하더라도 '순수하고 아름다운 이야기'를 유일한 '규범'으로 삼는 미에키치의 입장에서는 도저히 받아들일 수 없다. 미에키치의 『빨간새』를 지지하는 어른들도 마찬가지리라. 그것은 미에키치의 '규범'을 초월한, '선도의 사명감'과 상반된 것이기 때문이다. 그런 의미에서 일본에서는 '선도'라는 이름으로 어린이 책에서 어린이의 공상하는 기쁨을 억누르고, 항상 '교훈성'과 '착한 아이 지상주의'로 그 간극을 메워 왔다. 그 역할을 훌륭하게 수행한 것이 미에키치와 『빨간새』이다. 이 점은 반드시 기억해야 할 것이다.

2 어린이문학 속의 '신비한 세계'-하나

발견을 위한 '통로'
－필리파 피어스의 『한밤중 톰의 정원에서』를 중심으로

장대한 공상의 나라
－C. S. 루이스의 '나니아 나라 이야기'를 중심으로

발견을 위한 '통로'

—필리파 피어스의 『한밤중 톰의 정원에서』를 중심으로

또 하나의 뒤뜰

아직도 많은 사람들은 어린이의 생활을 과정으로, 즉 끊임없이 움직이고 변화·발달하는 형태로 이해하지 못합니다. 지금도 사람들은 종종 어린이를 물건을 넣거나 빼는 궤짝과 동일시합니다.

이것은 추콜로프스키의 『두 살에서 다섯 살까지』라는 책에 나오는 말이다. 이 책에서 추콜로프스키는 동시대 어른들이 얼마나 완고한지를 풍부한 예를 들어 소개하고 있다. 『허풍선이 남작의 모험_The Adventures of Baron Munchhausen』을 어린이들한테 읽어 주었다는 이유로 교사에게 호된 욕을 먹었던 체험도 실려 있다. 교사들은 공상 이야기를 눈엣가시처럼 여긴다.

추콜로프스키는 이런 말도 한다.

이야기의 박해자들이 이용한 것은 어떤 이야기의 형상이나 줄거리든, 일단 어린이의 머릿속에 들어가면 변하지 않고 20년, 30년씩 저장된다는 무식한 확신이었습니다. 그들은 다섯 살짜리 아이에게 하늘을 나는 융단 이야기를 들려주면 서른 살이 되어도 드네프로스트로이 같은 대건설 사업 이야기를 듣기 싫어하고 평생을 몽상가, 공상가, 신비가로 보낼 것이라는 얼토당토않은 거짓말로 선량한 독자들에게 겁을 주었습니다.

이것은 물론 지난날 소련의 예이다. 오늘날에는 추콜로프스키가 말하는 형태의 박해자는 줄어들었는지도 모른다. 어린이를 '과정으로' 이해하지는 않더라도 '궤짝'으로 받아들이는 어른은 줄고 있을 것이다. 그러나 어린이관의 변화가 그대로 어린이문학관의 변화로 이어지지는 않는다. 어린이에게 공상이 필요하다고 주장하는 어른이 반드시 오늘날의 어린이 책을 머리에 떠올린다고는 할 수 없다. 하늘을 나는 융단 이야기나 『허풍선이 남작의 모험』만을 어린이문학이라고 이해하는 경우도 있다. 또 자기가 어린 시절에 읽었던 책을 기준으로 공상 이야기의 세계를 생각하는 경우도 있다. 어린이 책의 경우 '끊임없이 움직이고 변화·발달하는 형태로 이해'해야 한다는 사실이 곧잘 망각된다. 이런 상황은 지금도 여전하다.

그래서 어른들 중에는 비록 어린이의 공상 이야기를 박해하지는 않더라도 기껏해야 어린이 책에 지나지 않는다고 생각하는 냉담한 지지자에 머무는 사람이 있다. '마법사 이야기도 나쁘지는 않다. 덕분에 어린이는 공상의 영역의 넓이를 알 테니까. 하지만 나는 이미 그 세계를 졸업했다'고 생각하는 것이다. 현대의 공상 이야기는 이처럼 어른과는 관계가 없는 '이야기'일 뿐일까? 어른과 어린이는 그렇게 다른 차원에서 살아가는 인간일까?

이런 물음에 하나의 답을 주는 것이 필리파 피어스(Philippa Pearce)의 『한밤중 톰의 정원에서_Tom's Midnight Garden』(1958)이다. 주인공은 톰 롱. 동생 피터가 홍역에 걸리는 바람에 모처럼 맞은 여름 방학을 앨런 이모부네 집에서 보내게 된다.

'날 한 번이라도 때린다면……' 하고 톰은 속으로 투덜댔다. '어휴, 그럼 당장 집으로 도망칠 수도 있고, (중략) 그렇지만 이모부는 절대 안 때릴 거야. 이모랑 이모부는 뻔해. 그웬 이모는 더하지, 뭐. 아이들이라면 그저 좋아서 호호, 하하 하니까. 씨이, 그 갑갑한 집에 갇혀서 몇 주일씩이나 지내야 하다니……'

톰은 처음부터 실망하고 있다. 예상대로 어른들과 지내는 것은 지루하다. 이모가 차려 주는 맛있는 음식과 운동 부족 때문에 톰은 불면증에 걸린다. 이럴 바에야 차라리 자기도 홍역을 앓는 게 낫다고 생각한다. 신나는 일은 하나도 일어날 것 같지 않다. 침대에 누워 뒤척이고 있는데, 시계가 12시를 쳤다. 1층 거실에 있는 괘종시계이다. 그 시계는 이 집이 연립주택으로 개조되기 전부터 그 자리에 있었다. 3층에 사는 집주인 바돌로메 할머니밖에 손댈 수 없다. 톰이 잠들지 못하고 귀를 기울이고 있는데, 이윽고 1시가 되었다. 그런데 시계는 마치 고장이라도 난 듯 13번이나 울려 댄다. 톰은 기가 막혀서 침대에서 내려온다. 이모 부부가 깨지 않게 살그머니 계단을 내려간다. 거실은 어둠 속에 가라앉아 있다. 달빛으로 시계의 문자판 정도는 읽을 수 있지 않을까? 거실 안쪽의 뒤뜰 문을 열어 보면 어떨까?

뒤뜰이래 봤자 '아래층 뒤쪽에 세든 사람들이 바깥에다 쓰레기통을 놓아 두거나 방수 천막 아래에 차를 세워 두고 있'을 뿐이라고 이모부는 말했다.

그런데 앨런 이모부의 말과는 달리 톰이 뒤뜰 문을 열었더니 거기에는 넓은 잔디밭이 있었다. '꽃이 만발한 꽃밭과 하늘 높이 자라고 있는 전나무, 양쪽 오솔길 가로 아름답게 구부러진 상록수들'이 보였다.

톰은 뒤뜰로 나가 본다. 거기서 가정부인 듯한 소녀를 만난다. 그러나 그 소녀는 톰에게 전혀 주의를 기울이지 않는다. 톰은 혹시 유령이 아닐까 생각한다. 뒤뜰 문을 닫자 원래의 어두운 거실이다. 톰은 침대로 돌아간다. 그리고 다음날 뒤뜰을 조사해 보기로 마음먹는다.

다음날, 뒤뜰에 나가 본 톰은 꽃밭도 전나무도 전혀 보이지 않는 데에 깜짝 놀란다. 앨런 이모부의 말대로 좁은 공터밖에 없다. 고물 자동차, 쓰레기통, 바람에 날려온 신문지 조각……. 톰은 믿기지 않는 심정으로 간밤의 풍경을 떠올려 본다. 한밤중에 한 번 더 뒤뜰 문을 열어 보기로 한다. 그리고 그날 밤, 문 너머에서 넓디넓은 새벽녘의 정원을 발견한다.

현실 세계는 한밤중인데 뒷문 너머는 새벽이다. 다른 시간이 진행되고 있다. 톰은 그것을 깨닫는다. 어떻게 이런 일이 생겼을까? 그것은 알수 없다. 알지 못한 채 톰은 밤마다 다른 시간이 진행되는 세계로 들어간다. 거기서 소녀 해티와 알게 된다. 해티는 부모를 잃고 이 저택에 맡겨진 아이다. 문 너머의 세계에서 톰은 해티와 함께 정원을 돌아다니며 논다. 아무리 오랫동안 정원에서 놀아도 거실로 돌아오면 원래의 한밤중이다. 문밖에서는 해가 빛나고 새가 지저귀어도 문 안쪽은 암흑이다.

톰은 해티가 사는 곳이 유령의 세계라고 생각한다. 옷차림을 실마리로 책을 뒤지며 어떤 시대의 사람인지 알아 내려고 한다. 그리고 치마길이를 근거로 빅토리아 시대의 사람이라고 추측한다.

톰은 깨닫지 못했지만, 해티는 문 너머의 세계에서 점점 성장한다. 톰에게는 한밤중의 한 순간이지만 해티의 세계에서는 시간이 자꾸자꾸 흘러가고 있는 것이다. 어느 날 밤, 뒤뜰로 나간 톰은 완연한 처녀로 성장한 해티를 발견한다. 문 너머의 저택은 겨울을 맞고 있었다. 톰과 해티는 스케이트를 탄다. 둘은 강을 내려가 엘리 성당을 구경한다. 돌아오는 길에 해티는 나중에 남편이 되는 바티 청년을 만난다. 톰의 모습은 아지랑이처럼 점점 옅어져 간다.

피터의 홍역이 다 나아, 톰이 집으로 돌아갈 날이 다가온다. 해티를 만나려고 뒤뜰 문을 열었던 톰은 거기에 이제 정원이 존재하지 않는다는 것을 깨닫는다. 너무 슬픈 나머지 톰은 해티의 이름을 소리쳐 부른다.

그 소리에 저택에 사는 사람들이 죄다 놀라서 깨어났다. 새소리처럼 날카로운 톰의 비명 소리는 가장 꼭대기인 삼층에서 자고 있던 바돌로메 할머니한테까지도 들렸다. 할머니는 60여 년 전 어느 여름날, 세례요한일에 있었던 자신의 결혼식 꿈을 꾸고 있다가 그 소리 때문에 깨어났다. 비명 소리는 아무래도 자기를 부르는 소리 같았다. 할머니도 다른 사람들처럼 잠에 취한 채 불을 켜고 침대에서 나왔다.

톰은 저택의 모든 사람들을 깨워 버린다. 이튿날, 집으로 돌아가기 전에 톰은 간밤의 일을 사과하기 위해 집주인인 바돌로메 할머니를 찾아간다.

바돌로메 할머니는 말한다. "오, 톰." "무슨 말인지 모르겠니? 넌 나를 불렀어. 내가 바로 해티야."

톰은 바돌로메 할머니가 바로 해티였음을 깨닫는다. 해티인 바돌로메 할머니는 기나긴 이야기를 들려준다. 그리고 두 사람은 헤어진다.

이야기는 여기서 끝난다. 뒷문 너머의 세계는 바돌로메 할머니의 과거였다. 톰은 그곳으로 들어갔다. 그런 이야기라고 단언할 수도 있다. 그러나 피어스는 왜 문 너머의 세계를 이토록 세밀하게 그려 냈을까. 변화하는 사계절의 모습, 톰과 해티의 놀이……. 만약 뒷문이 없었다면, 이 이야기는 가까운 옛날의 어느 정원을 무대로 한 사실적인 작품으로 보였을 것이다. 별로 특별할 것도 없는 소년과 소녀의 우정 이야기로 여겨졌을 것이다. 교차하는 두 시간 따위에는 아무도 주의를 기울이지 않았을 것이다. 둘의 관계가 비극으로 끝맺든 행복하게 끝맺든, 흔히 있는 소년소녀 소설로 보였을 것이다. 피어스는 문 하나를 설정함으로써 그 일상성을 보기 좋게 바꿔 버렸다. 흔한 우정 이야기를 뒤집어 '신비한 이야기'로 만든 것이다. 문 하나를 설정함으로써 피어스가 바꿔 놓은 것은 무엇일까?

시간 · 추억 · 사랑

이 이야기는 '시간'을 다룬 것이라고 한다. 피어스 역시 이 작품을 다음과 같이 말한다.

> 상상력으로든 이성으로든, 가장 믿기 어려운 것은 '시간'이 사람에게 초래하는 변화이다. 어린이들은 자기들이 머잖아 어른이 될 것이라든가, 어른도 지난날에는 어린이였다는 말을 들으면 소리내어 웃는다. 이 이해하기 어려운 것을 나는 톰 롱과 해티 멜번의 이야기 속에서 탐구하고 해결하려고 했다.

이 말은 이 책의 주제가 '시간'의 해명에 있는 것처럼 들린다. 그러나 '시간이란 무엇인가'를 어린이에게 전하는 것뿐이라면 앨런 이모부만으로 충분하다. 앨런 이모부는 톰의 질문에, 『스케치북』이라는 작품 속의 화가 이야기를 예로 들며 시간론을 펼친다. 톰에게 '시간'을 이해시키려고 애쓴다. 그리고 톰의 반론에 "시간 이론에서 증거라니……"하고 화를 낸다. 앨런 이모부한테 시간은 이론인 것이다. 그에 비해 톰은 이렇게 말한다. "각각 다른 사람은 각기 다른 시간을 보내지만, 사실 그건 전체 시간의 일부분을 보낼 뿐이라는 얘기죠."

톰은 바돌로메 할머니한테는 바돌로메 할머니의 시간이 있고 자기한테는 자기의 시간이 있다고 주장한다. 그것을 개인의 일생이라고 해도 좋고, 생활 주기라고 해도 좋다. 아무튼 개별적인 시간이다. 인간은 저마다 전혀 다른 별개의 인생을 지니고 있다. 그러나 한편으로는 개인을 초월한 시간에 둘러싸여 있다. 그것은 역사라고 불리기도 하고 영원이라고 불리기도 한다. 인간이 존재하는 한 무한히 지속되는 시간이다.

앨런 이모부의 시간론은 시간이란 개인의 생활 주기를 초월한 것, 무한히 지속되는 것임을 말해 주려는 의도에서 제시되었다. 반대로 톰이 말하고 싶었던 것은 개인의 시간이다. 인간은 개인의 생활 주기를 지닌 존재라는 것이다. 왜 자신이 밤마다 해티를 만날 수 있는지 알고 싶어 한다. 해티는 다른 시대의 사람이다. 다른 시간을 살고 있다. 어떤 이유인지는 몰라도 자신은 그 다른 시간 속으로 들어갈 수 있다. 톰은 이 신비한 체험을 통해 인간에 대해 다시 생각하게 된다. 자신은 현재 어린이다. 그러나 모든 인간이 현재 어린이는 아니다. 어떤 사람에게 그것은 과거를 의미하고, 아직 태어나지 않은 사람에게는 미래를 의미한다. 현재를 기준으로 생각한다면, 아이와 어른은 분명히 분리되어 있다. 다른 세계를 살아가는 인간으로 보인다. 그러나 '어린이라는 것'을 기준으로 생각한다면, 모든 인간에게는 어린 시절이 있다. 그다지 다른 존재가 아니다.

톰에게 중요한 것은 시간 개념을 이해하는 것이 아니다. 해티를 아는 것이며 인간을 아는 것이다. 우연히 해티가 다른 시대의 인간이었던 덕분에, 톰은 인간이 시간 속의 존재라는 것을 깨닫는다. 인간을 독자적인 생활 주기와 더불어 이해한다. 톰은 인간을 이런 존재로 이해하게 된다.

작가 피어스는 여기에 덧붙여 '또 하나의 시간'이 있음을 그려 낸다. 캐스트너의 다음과 같은 말이 그 '또 하나의 시간'을 잘 설명하고 있다.

달력이 정직하게 말한다.

"그 뒤로 50년도 더 흘렀다."

이 노련하고 철저한 경리는 세월의 사무실에서 시간을 계산하며, 잉크와 자로 윤년에는 파란 줄을, 세기가 시작될 때에는 빨간 줄을 긋는다.

"아니야!"

기억이 소리치며 곱슬머리를 흔든다. 그리고 미소를 띠며 나지막한 목소리로 말을 잇는다.

"그건 바로 어제였어! 아니면 기껏해야 그제였던가."

누가 틀린 거지? 둘 다 맞다. 시간에는 두 종류가 있다. 한 가지는 도로와 토지를 측량하듯이, 엘레와 컴퍼스와 육분의로 잴 수 있다. 하지만 사람의 기억은 시간 계산을 달리 하므로 미터나 달, 세기나 헥타르로는 전혀 표시할 수 없다. 우리가 잊어버리는 것들은 나이를 먹는다. 그러나 어제는 잊혀지지 않는다. 그 잣대는 시계가 아니라 가치이다. 행복했든 불행했든 어린 시절은 가장 가치가 높다. 그 잊을 수 없는 시절을 절대로 잊어선 안 된다! 내 생각엔, 이런 충고는 가능한 빨리 해 두는 편이 좋다. (에리히 캐스트너, 『내가 어렸을 때에』에서)

바돌로메 할머니에게 현실의 유일한 시간은 막바지에 이르렀다. 인생은 머잖아 끝날 것이다. 해티로서 정원에서 놀던 시절. 바티 청년과의 결혼. 펜스 지방에서 보낸 시간들. 그리고 현재 바돌로메 할머니는 연립주택으로 개조한 저택 3층에서 집주인으로 살고 있다. 이것이 할머니의 생활 주기이다. 개별적 시간이다. 그러나 할머니가 톰과 만난 문 너머의 생활은 할머니의 '추억'이다. 캐스트너가 말하는 '서로 다른 시간 계산'에 의해 성립되는 것이다. 그것은 차례차례 순서대로 재현한 '과거'가 아니라 임의로 떠올린 '과거'이다. '임의로'라는 말은 바돌로메 할머니에게 가치 있는 것만 떠올렸다는 뜻이다. 문 너머에 있던 할머니의 '과거'는 가치 있는 추억만을 떠올린 결과이다.

"톰, 사람은 누구나 내 나이쯤 되면 대부분의 시간을 과거 속에서 살게 된단다. 옛일을 생각하기도 하고 꿈을 꾸기도 하지."

바돌로메 할머니는 이렇게 말한다. 할머니는 즐거운 날만을 떠올리고 있었다. 덕분에 문 너머의 정원에서는 좋은 날씨가 이어졌다. 톰은 그것을 이해한다. 그러나 한 노인의 '과거'(또는 추억) 속에 들어가는 것이 그렇게 의미 있는 일일까.

과거는 개인적인 체험의 집적이다. 그 체험 중 어떤 것을 내부에서 계속 활용할 것인가는 체험자 개인의 가치 판단에 달려 있다. 추억은 가치 판단의 작용으로 선택·추출된 임의의 한 지점을 되돌아보고 반추하는 일이다. 대부분의 경우, 이 인간적 행위에는 미화 작용이 따르게 마련이다. 더 아름답게 또는 더 비극적으로 과거의 체험을 왜곡하기 쉽다. 어쨌거나 '추억'은 체험자 개인에게만은 무엇과도 바꿀 수 없이 소중한 것이다. 자신에게는 둘도 없는 추억이지만 어차피 타인에게는 동등한 가치일 수 없다.

피어스는 거기에 문을 설정한다. 문을 설정함으로써, 단순한 개인의 과거를 현재를 살아가는 인간이 공유할 수 있는 별세계로 바꾸어 놓는다. 피어스가 뛰어난 까닭은, 본래 닫혀 있던 바돌로메 할머니의 체험을 개인의 틀을 초월하여 열린 것으로 파악했기 때문이다. 바돌로메 할머니 속에 갇혀 있던 '과거'에 문이 설치되고 톰이 들어감으로써 그것은 단순히 개인적인 반추의 세계에 머물지 않게 되었다. 톰 자신에게도 가치 있는 세계로 바뀌었다. 문 너머의 세계에 대한 피어스의 세밀한 표현이 이 점을 말해 주고 있다.

문 너머의 세계가 한 할머니의 과거였다는 사실을 톰은 마지막에야 이해할 수 있었다. 바돌로메 할머니의 설명을 듣기 전까지는 알지 못했다. 알고 난 뒤에도 해티가 있던 세계는 톰에게 소중한 의미를 지닌다. 타인의 '과거'가 '현재'를 살아가는 인간에게도 소중한 의미를 갖게 된 것이다. 여기에 인간 관계 회복의 길이 열린다. 아이, 어른, 할머니, 톰이라는 개별적인 존재가 인간으로서 동질의 가치를 지닌 존재로 이해된다. 해티라는 소녀를 아는 것(바돌로메 할머니 속에서 해티를 발견하는 것)은 그러한 소녀 시절을 보낸 한 인간의 가치를 인식하는 일이다. 이것은 시간론이 아니다. 이것은 인간론이다. 인간은 누구나 단 한 번뿐인 인생을 누린다. 타인에게는 보잘것없는 것으로 비칠 수도 있다. 그러나 그것 역시 가치 있는 인생이다.

이 이야기의 앞부분에 묘사된 바돌로메 할머니의 모습을 생각해 보라. 집주인 바돌로메 할머니는 시계 태엽을 감는 일밖에 하지 않는 괴짜 노인쯤으로 그려져 있다. 주변 사람들이 그렇게 말하고, 톰도 그렇게 생각한다. 누가 이 할머니를 둘도 없이 소중한 사람이라고 생각하겠는가. 그러나 그 할머니를 해티로 알고, 해티였다는 사실을 안 톰은 다르다. 헤어질 때, 톰은 그웬 이모가 깜짝 놀랄 정도로 바돌로메 할머니를 꼭 껴안는다.

두 사람의 이별 장면을 지켜본 그웬 이모는 앨런 이모부에게 이렇게 말한다.

"아 글쎄, 톰이 미친 듯이 뛰어 올라가자마자, 둘이 꼭 껴안지 뭐예요. 마치 오늘 아침에 처음 만난 게 아니라 오랫동안 알고 지냈던 사이처럼 말이에요. 그러더니 여보, 더 신기한 일이 있었어요. 보나마나 당신은 말도 안 된다고 그러겠지만…… 물론 바돌로메 부인은 꼬부랑 할머니이긴 하지만, 어쨌든 톰보다는 크잖아요. 그런데 톰 녀석이 글쎄, 할머니가 꼭 조그만 소녀라도 되는 양 두 팔로 꽉…… 끌어안으며 작별 인사를 하더라구요."

이 이야기에서 인간의 개별적인 시간을 안다는 것은 그 인간의 가치를 아는 것에 다름 아니다. 톰이 바돌로메 할머니를 해티라고 이해했다는 것은 바돌로메 할머니를 가치 있는 인간으로 이해했다는 말이다. 이것을 사랑이라고 할 수 있을지도 모른다. 이 작품이 사랑 이야기로 여겨지는 까닭도 여기에 있다.

안데르센의 '영원한 사랑'

'사랑'이 '영원'과 닿아 있던 시절이 있었다. 예를 들어 안데르센(Hans Cristian Andersen)의 작품을 떠올릴 수 있다. 「나의 독창적인 동화의 첫 시도」(1837년판 동화집의 서문)와 안데르센이 쓴 「인어 공주」는 그런 발상(사랑의 영원성)을 잘 전해 주고 있다.

깊디깊은 바다 속에 인어 임금님이 살고 있다. 딸이 여섯 있는데, 이들은 자유롭게 바다 위로 올라갈 수 있는 날을 손꼽아 기다린다. 15세가 되면 그것이 허락된다. 주인공인 막내 공주는 바다 밑바닥에 가라앉은 대리석 소년상을 소중하게 여긴다. 이윽고 열다섯 살이 된 언니 공주들이 차례차례 바다 위로 나간다.

첫째 공주는 바닷가 모래밭에 앉아서 달밤의 마을을 바라본다. 둘째 공주는 석양의 아름다움과 백조떼를 보고 돌아온다. 셋째는 숲과 인간의 아이를, 넷째는 드넓은 바다와 하늘을, 다섯째는 한겨울 빙산의 아름다움을 보고 온다. 공주들은 바다 밑으로 돌아오자마자 자신이 알게된 아름다움을 잇달아 이야기한다. 막내 공주는 그 이야기를 듣고 더더욱 바다 위를 동경한다.

안데르센은 놀라운 솜씨로 '미지'에 대한 동경을 정착시킨다. 첫부분의 바다 밑 묘사는 비극을 예상할 수 없는 평화로운 아름다움으로 가득

차 있다. '물빛은 가장 아름다운 도깨비부채 꽃잎처럼 푸르고…… 유리처럼……'으로 표현된다. 이것은 안데르센과 거의 같은 시대의 그림 형제(Jacob Grimm, Wilhelm Grimm)가 집대성한 『그림 동화_Grimm's Fairy Tales』에서는 찾아볼 수 없다. 그림 형제의 『어린이와 가정을 위한 옛날 이야기_Kinder-und Hausmärchen』는 1812년에, 안데르센의 『어린이들을 위한 옛날 이야기_Eventyr, fortalte for b'øn』 첫 번째 동화집은 1835년에 출판되었다. 「인어 공주」는 1837년에 출판된 세 번째 동화집에 수록되어 있다. 그림 형제와 안데르센의 만남은 1844년에 이루어진다. 『그림 동화』가 구비 전승 문학이며, 독일에 널리 퍼져 있는 민화를 수집·기록한 책이라는 것은 새삼 말할 필요도 없으리라. 이 민간 전승과 안데르센 동화를 명확하게 구분짓는 것이 바로 표현이다.

옛날 어느 곳에 열두 아들을 둔 왕과 왕비가 평화롭게 살고 있었습니다.

이것은 그림 동화 「열두 왕자」의 첫머리이다. 안데르센의 「들판의 백조」 첫 부분은 다음과 같다.

우리 나라에 겨울이 찾아오면 제비가 날아가는, 아득히 먼 나라에 어느 임금님이 살고 있었습니다. 임금님한테는 아들 열하나와 엘리사라는 딸이 하나 있었습니다.

이야기의 무대는 '어느 곳'에서 구체적이고 특정한 장소로 바뀐다. 『그림 동화』의 세계가 '구전'으로 성립되었다면, 안데르센의 동화는 '상상'으로 성립되어 있다. '상상'이란 상상력 그 자체의 작용이 중시된 다는 말이다. 그렇다고 민간 전승에 상상의 공간이 없다는 말은 아니 다. 민간 전승도 상상의 공간에서 성립되지만 거기에는 일정한 틀이 있 다는 말이다. 안데르센의 동화는 그 정형을 파괴한다. 상상력 자체의 자유로운 공간에 가치를 둔다. '이상한 사건'의 '이상한 전개'만을 위해 이용되던 상상력을 어떻게 시적으로 표현할 것인가 하는 점에도 안데 르센은 눈을 돌린다. 이렇게 해서 표현의 확립이 중심 과제가 된다.

안데르센이 창작 동화의 시조로 평가받는 까닭은 그전까지 지배적 위치를 차지하고 있던 민화적 세계로부터 자립하기 위해 상상력을 발 휘했기 때문이다. 등장 인물은 정형화된 존재에서 벗어나 지극히 개성 적인 존재로 그려지게 된다. 여섯 명의 인어 공주는 저마다 다른 존재 임이 강조된다. 물론 첫째에서 다섯째 공주까지는 저마다 바다 위에서 무엇을 보았는가의 차이만 있을 뿐 별다른 개성은 없다. 그러나 "아, 빨 리 열다섯 살이 되었으면!" 하고 언니들을 부러워하는 막내 공주만은 언니들보다 훨씬 생각이 많은 공주로서 그의 느낌이나 생각까지 상세 하게 묘사된다. 그리하여 보통 인어가 아닌 것처럼 느껴지게 한다.

인어 공주는 드디어 열다섯 살이 된다. 머리에는 진주가 아로새겨진 흰 백합 꽃관을 쓰고 꼬리에는 커다란 굴을 여덟 개나 달고 바다 위로 올라간다. 인어 공주가 가장 먼저 본 것은 인간 왕자였다. 돛이 세 개 달린 배에서는 불꽃을 펑펑 쏘아 올린다. '커다란 해님들이 슉슉 소리를 내며 돌고, 멋진 불 물고기가 푸른 하늘로 날아올랐'다.

그러나 인간들의 즐거운 축하 잔치는 한순간에 파괴된다. 폭풍이 몰려와 배가 가라앉고 왕자는 바다에 빠진다. 인어 공주는 정신을 잃은 왕자를 구해 바닷가에 눕힌다. 인간 아가씨가 그리로 다가와 왕자를 보살펴 준다. 왕자는 그 여자를 생명의 은인이라고 굳게 믿는다.

이것이 비극의 발단이다. 인어 공주의 '미지'에 대한 막연한 동경은 왕자를 알게 되면서 구체적인 형태를 띤다. 인어 공주의 고뇌를 안 인어 할머니는 인어 공주를 타이른다. 인어의 생명은 3백 년, 그러나 인간의 일생은 너무 짧다고. 왕자를 사랑하는 것은 불행이라고. 물론 인간에게는 영원히 죽지 않는 영혼이 있지만, 그것은 인간의 진정한 사랑을 받았을 때에만 손에 넣을 수 있다고.

인어 공주는 마녀를 찾아간다. 물풀이나 꽃 한 송이 피어 있지 않고, 소용돌이와 뜨거운 거품이 이는 진창과 무시무시한 숲을 지나서……. 마녀는 인어 공주에게 인간의 다리를 주겠다고 약속한다. 그러나 거기에는 몇 가지 조건이 있다. 다리를 주는 대신 '목소리'를 자기가 갖겠다는 것과 왕자와 결혼하지 못할 경우 죽음의 저주를 받는다는 것이다. 인어 공주로서는 견뎌 내기 힘든 시련이었지만 공주는 모든 조건을 감수한다. 이 부분은 「인어 공주」의 압권이다. 왕자를 향한 인어 공주의 한결같은 마음이 훌륭하게 표현되어 있으며 뒤에 일어날 비극이 선명하게 부각된다.

안데르센은 갖가지 시련에 직면하여 고뇌하는 인어 공주를 그렸다. 인어 공주의 번민 자체가 하나의 드라마이다. 이것은 민화의 주인공들이 가지지 못했던 내면적 갈등의 표현이다. 안데르센은 내면의 고뇌를 그림으로써 주인공을 한결 개성 있는 존재로 만들었다. 그래서 민화로서 단순히 '전승'되던 인간의 상상력을 자유롭게 해방시켰다. 이것이 민화와 창작 동화의 차이점이다. 안데르센은 그러한 독자적 세계를 확립했다.

인어 공주는 시련을 이겨 내고 바다 위로 올라가 왕자를 찾아간다. 그러나 인어 공주를 기다리고 있는 것은 사랑의 성취가 아니었다. 고통을 견디며 산에 오르거나 춤을 추어야 했고, 속마음을 전하지 못한 채 침묵만 지켰다. 더구나 왕자는 자기를 보살펴 준 아가씨를 사랑하여 배 위에서 결혼식을 치른다.

인어 공주의 죽음이 다가온다. 막내 동생에게 마지막 기회를 주기 위해 언니들이 마녀를 찾아간다. 언니들은 마녀에게 아름다운 긴 머리를 잘라 주고 인어 공주의 생명을 구할 수 있는 방법을 알아 낸다. 그것은 잠든 왕자의 심장을 칼로 찌르는 것이다. 인어 공주는 칼을 들고 왕자의 침실로 숨어든다. 왕자와 아가씨는 행복하게 잠들어 있다. 그것을 본 인어 공주는 칼을 바다에 내던진다.

태양이 빛나는 아침, 인어 공주는 물거품이 된다. 물거품이 되어 하늘로 올라간다. 배 위에서는 인어 공주를 찾는 목소리가 들린다. 그 소리를 들으며, 모습을 잃은 인어 공주는 공기의 요정들이 있는 세계로 올라간다.

이것은 슬픈 사랑 이야기이다. 헌신적인 사랑을 끝내 보답받지 못한 이야기이기도 하다. 적어도 왕자와 인어 공주의 관계를 중심으로 생각하면 그렇게 받아들일 수 있다. 그러나 이 이야기는 여기에서 끝나지 않는다. 인어 공주가 칼을 바다 속에 던져 버리고 스스로 물거품이 된 뒤에도 남은 이야기가 있다. "가엾은 인어 공주님, 당신도 우리와 똑같이 정성을 다해 노력했어요!" 공기의 요정은 이렇게 말하며, 그렇기 때문에 '죽지 않는 영혼'을 얻는 길이 열려 있다고 한다. 인어 공주는 인간의 사랑을 얻지 못했으므로 죽지 않는 영혼을 손에 넣지 못한다. 그러나 3백 년 동안 선행을 쌓으면 손에 넣을 수 있다. 공기의 요정이 그것을 가르쳐 준다. 3백 년의 '시험의 시간'을 줄이려면 인간의 집에 들어가서 부모님을 기쁘게 하고 사랑받는 착한 아이를 찾으면 된다. 그럴 때마다 3백 년 중에서 일 년이 줄어든다. 반대로 나쁜 아이를 보고 슬픔의 눈물을 흘리면 시험 기간이 하루씩 늘어난다. 인어 공주는 그런 말을 들으면서 장밋빛 구름으로 올라간다. 사실은 거품이 되어 하늘로 올라갈 때, 인어 공주의 구원은 이미 예고되어 있었다고 할 수 있다. 거품 속에서 빠져나와 자꾸자꾸 높이 올라가면서, 인어 공주는 "나는 어디로 가는 거죠?" 하고 말한다. 그 '목소리는 이 세상의 어떤 음악도 흉내낼 수 없는 신비한 울림을 지니고 있었'다.

왕자의 사랑은 얻지 못했지만, 인어 공주의 헌신적인 사랑은 영원의 세계로 가는 길을 열었다. 여기서 말하는 사랑은 영원과 이어져 있다.

아마 이것은 기독교적 세계관을 반영하고 있는 것이리라. 그러나 같은 기독교적 발상에 근거하면서도 『한밤중 톰의 정원에서』에는 그런 영원의 개념이 없다. 다음은 「요한 계시록」 10장 1~6절까지를 실마리로 시간의 비밀을 알아 내려는 톰이 '시간은 얼마 남지 않았다'는 구절을 접하는 부분이다.

　"시간은 얼마 남지 않았다……." 하고 톰은 중얼거렸다. 세상의 모든 시계가 똑딱거리기를 멈추고, 종치기도 멈추고, 위대한 나팔 소리에 얼어붙어 영원히 멈추게 되는 순간을 상상해 보았다. "시간은 얼마 남지 않았다……." 하고 톰은 또 중얼거렸다. 그 짧은 말 속에는 무한한 의미가 담겨 있는 것 같았다.

여기에 최후의 심판에 대한 예감이 있다. 멸망이나 죽음에 대한 예감이 있다. 나아가 모든 것이 종말을 맞을 때에도 여전히 거기에 존재할 무한한 허무의 예감도 있다. 그것은 인간 존재와는 무관하게 존재하는 영원의 공간이다. 그러나 신앙으로 구원 받으리라는 예감은 없다. 인간이 그 무한한 뭔가와 관련을 맺게 될 것이라는 예감은 없다. 바돌로메 할머니 속에서 해티를 발견하고 그것을 가치 있는 것으로 확인한 톰의 이야기는 그 가치 있는 것과 이별하는 것으로 끝난다. 동생과 같이 다시 찾아오겠다는 약속은 있다. 한 번, 또는 두 번은 더 만날 수 있을 것이다. 그러나 바돌로메 할머니는 노인이다. 톰만큼 살 수 없다. 톰이 바돌로메 할머니 정도의 나이가 되었을 때, 할머니는 톰의 추억 속에서만 존재할 것이다. 톰 역시 다른 어린이의 추억 속에서만 살 수 있는 날이 분명 올 것이다. 시간은 많지 않다. 지금 여기 존재하는 한 번뿐인 자신의 시간이야말로 인생이다. 무한정 지속되는 시간이 존재하더라도 톰의 시간, 바돌로메 할머니의 시간은 여기밖에 없다. 아이들은 무한히 존재할 것이고 놀이를 계속할 것이다. 그러나 그것은 해티와 톰의 몫이 아니다.

가령 두 사람의 관계를 사랑이라고 한다면, 이 사랑은 유한하다는 자각 위에 성립하고 있다. 유한성의 자각은 무한히 지속되는 시간을 인식함으로써 성립된다. 영원은 개별적인 인간이 죽지 않는 영혼으로 형태를 바꾼 '지속'이 아니라 톰이나 해티처럼 단 한 번뿐인 인생을 살아가는 전혀 다른 인간들의 삶의 순환이다. 그 순환 속에서 사랑은 거듭 태어날 것이다. 그리고 인간적인 가치로 계승될 것이다. 그러나 톰과 해티의 사랑은 단 한 번, 여기에만 존재한다. 여기에서 끝난다. 그것을 사랑이라 부르고 평가하고 계승하는 것은 다른 인간이 할 일이다. 사랑은 영원과 닿아 있지 않다. 유한한 인간의 행위가 그 가치를 거듭 확인해 갈 뿐이다.

마지막 장면에서 톰과 할머니의 포옹이 크나큰 감동을 주는 것도 유한한 사랑의 모습을 잘 포착하고 있기 때문이다. 이 아름다움은 「인어 공주」의 아름다움과는 다르다. 안데르센이 그린 것은 사랑의 가치 그 자체이다. 사랑이 얼마나 위대한 것인지를 인어 공주를 통해 그려 냈다. 그러나 피어스가 그린 것은 그런 의의가 부여된 사랑 일반의 모습이 아니다. 단 한 번뿐인 인생을 살아가는 인간의 모습이며, 거기에 있는 유한한 가치이다.

'통로'—왕복 운동의 즐거움

『한밤중 톰의 정원에서』의 경우, 뒷문의 역할은 매우 중요하다. 여기서 문은 인간의 진실한 모습이나 가치를 발견하기 위한 '통로'이다. 그것은 시간과 사랑이라는 두 각도에서 이미 살펴보았다. 그러나 '통로'의 역할은 그것뿐일까. '통로'는 이러한 인간의 인식을 위해 설정되지는 않았을 것이다. 결과로서 그런 역할을 하게 되었을 뿐 원래는 신비한 세계로 들어가는 출입구이다. 톰뿐만 아니라 어린이 독자를 '신비한 세계'로 이끌기 위한 '통로'인 것이다.

그곳을 통과해야만 이질적인 세계로 들어갈 수 있다. 그 문 바로 앞에는 전혀 이상할 것 없는 일상 생활이 기다리고 있다. 문밖으로 나가면 신비한 세계. 문 안으로 들어오면 평범한 세계. 현실 세계에서 이질적인 세계로, 이질적인 세계에서 현실로라는 왕복 운동. 이 반복의 즐거움이 '통로'에 의해 성립된다. 마법의 램프를 문지른다. 램프의 거인이 나타난다. 램프의 마법을 풀면 거인은 사라진다. 알라딘의 신비한 이야기 역시 마찬가지이다.

어린이 독자들은 자기가 속한 일상적 세계에서 살면서 항상 일상성에서 탈출하기를 꿈꾼다. 미지의 것에 대한 발견과 모험 여행에 대한 기대로 가슴이 설렌다. 마법의 램프가 갑자기 거인을 출현시키듯, 하늘을 나는 융단은 한순간에 일상 세계에서 별세계로 인간을 데려다 준다. 여기에는 항상 현재 자신이 속한 세계에 대한 기대가 있다. 일상 세계에 가치 있는 것이 존재하리라는 기대가 있다. 세계가 이처럼 온통 규제로 가득한 잿빛일 리가 없다는, 인간이 그저 고통만 받는 존재일 리가 없다는, 이 일상성 속에는 어떤 삶의 가치가 분명히 숨겨져 있을 것이라는, 분명 지금보다 더 자유로운 세계가 있을 것이라는 기대이다. 어린이는 많은 것을 기대한다. 많은 것을 기대함으로써 공상을 부풀린다. 공상을 부풀림으로써 인생을 생각한다. 자신 속에 인간을 완성시켜 간다. 인간에게 가치 있는 것이 무엇인지 알려고 한다. 마법의 램프나 하늘을 나는 융단에 어린이가 매료되는 것은 현실 도피의 표현이 아니다. 일상 세계를 단숨에 뛰어넘는 공상 이야기에 보내는 어린이들의 갈채와 박수는 반대로 일상 세계에 대한 무한한 기대의 표현이다.

'통로'는 그것에 부응하는 것으로 설정되어 있다. '통로'를 통과함으로써 일상적 세계와 이어진 신비한 세계가 존재한다는 것이 명확해진다. 독자는 톰과 함께 문 이쪽에 있다. 여기에는 일상적 현실이 있다. 톰이 지루한 날들을 보내고 있는 연립주택과 독자가 서 있는 곳은 동일하다. 이윽고 톰과 함께 문을 빠져나간다. 거기에는 미지의 세계가 있다. 해티는 누구인가. 벽 너머에는 무엇이 있는가. 왜 이곳의 시간은 문 너머의 시간과 다른가. 살펴보고 싶은 것들로 가득 찬 세계이다. 모험심을 자아내는 세계이다. 기대로 가슴이 설레는 세계이다. 이런 세계가 평범한 일상 세계와 통로로 이어져 있다는 것, 결부되어 있다는 것에 의미가 있다. '통로'는 두 세계를 분리하는 것으로 보일 수도 있다. 그런 식으로 설정되어 있다. 물론 그렇게 생각할 수도 있다. 그러나 독자는 자신이 속한 현실 세계와 신비한 세계가 분리되어 있다고 느끼기보다 이어져 있다고 느낀다.

민화적 세계가 독자에게 제공하는 것을 생각해 보면 쉽게 이해할 수 있다. 그것은 말 그대로 '옛날 옛날' '어느 곳'에서 일어난 이야기이다. 시대나 장소도 현재 어린이의 생활 차원과 떨어져 있다. 재미있는 이야 기임은 분명하다. 그러나 그 재미가 자신과 이어져 있는 곳에서 일어난 사건이 아니기 때문에 어딘가 다른 세계의 재미로 끝나 버린다.

어린이는 자기가 참가할 수 있는 재미를 원한다. 적어도 자기가 있는 곳에서 일어날 수 있을 법한 재미를 기대한다. 그런 의미에서 톰이 서 있는 곳은 까마득히 먼 미지의 공간이 아니다. 동질의 생활 차원이다. 그렇기 때문에 어린이 독자들은 콩나무에 올라간 잭이나 엄지동자보다 톰을 훨씬 친근하게 느낀다. 자신과 톰의 입장을 동일시한다. 이윽고 신비한 일들이 벌어진다. 자신과 톰을 동일시할 수 있기 때문에, 그것 들을 자기 자신에게 생긴 일로 받아들일 수 있다. 자신이 속한 일상 세 계에서 기대하던 어떤 일이 벌어지는 것처럼 생각한다. 먼 옛날, 먼 곳 에서 일어난 일이 아니다. 지금 자기 앞에 또 하나의 세계가 나타나는 즐거움이다.

이 즐거움은 '통로'에 의해 마련된다. 두 세계를 이어 주는 '통로'가 마련된 이야기에서 느낄 수 있는 즐거움이다. 피어스의 '통로'는 인간 인식을 위해서라기보다 원래 이런 재미를 위해 설정된 것이다. 그리로 들어가 주제를 탐구하는 것은 어른의 입장이다. 어린이는 인간 인식을 위해 책을 읽는다고 할 수 없다. 주제나 의도는 어린이에 따라 한참 뒤 에 반추되거나 어쩌면 전혀 반추되지 않을 수도 있다(물론 어린이 내면에 뭔가는 남는다. '즐거웠던' '신비로웠던' '재미있었던' 인상은 오래도록 남아 있을 것이다. 그것을 굳이 주제나 의도라고 말할 필요는 없다. 그러나 그런 독후감의 잔상 속에는 작가가 하고 싶었던 말이 분명히 포함되어 있다. '정리'를 서두를 필요는 전혀 없다).

이런 '통로'는 피어스 한 사람의 것이 아니다. 피어스에 앞서 C. S. 루이스(Clive Staples Lewis)의 작품이 있었다. 바로 '나니아 나라 이야기'이다.

장대한 공상의 나라

―C. S. 루이스의 '나니아 나라 이야기'를 중심으로

천지 창조에서 최후의 심판까지

루이스의 '나니아 나라 이야기'는 『마법사의 조카_The Magician's Nephew』(1955)에서 시작하여 『마지막 전투_The Last Battle』(1956)로 끝나는 7권의 공상 이야기이다(집필 순서와 각 책 속의 이야기가 나니아의 역사에서 차지하는 위치는 일치하지 않는다. 『사자와 마녀와 옷장_The Lion, the Witch and the Wardrobe』(1950)이 가장 먼저 쓰였고, 그보다 앞선 이야기인 『마법사의 조카』는 여섯 번째로 쓰였다. 집필 순서가 이야기의 순서와 동일하지 않은 것은 각 권이 독립된 이야기이기 때문이다).

이야기는 인간 세계의 외부(인간 세계를 초월한 곳)에 나니아라는 나라가 창설되는 지점에서 시작된다. 이 나라를 만든 것은 사자 아슬란이다. 때마침 인간 세계에서 소년 소녀가 휘말려들어와 이 나라의 건국을 지켜본다.(『마법사의 조카』)

이 이야기에서도 나니아의 시간과 인간 세계의 시간은 일치하지 않

는다. 나니아에서는 수백 년의 세월이 흘렀는데도 인간 세계는 아주 짧은 시간밖에 지나지 않은 구조이다.

나니아 나라에는 하얀 마녀가 살고 있다. 하얀 마녀와 싸움을 그린 것이 『사자와 마녀와 옷장』으로, 『마법사의 조카』 시대에서 이미 몇 백 년이 흐른 뒤이다. 나니아 연대기에 따르면, 그 뒤 『말과 소년_The Horse and His Boy』(1954), 『캐스피언 왕자_Prince Caspian』(1951), 『새벽 출정호의 항해_The Voyage of the Dawn Treader』(1952), 『은의 자_The Silver Chair』(1953), 『마지막 전투』 순으로 이어지는데, 이 가운데 인간 세계와 교류하지 않는 것은 『말과 소년』뿐이다(이 작품은 나니아와 사막 건너편 나라인 칼로르멘 사이의 대립이 중심에 놓여 있다. 말하는 말과 소년이 사막을 가로질러 나니아로 힘겨운 여행을 하는 이야기이다).

이 작품들 속에서는 갖가지 사건이 생기는데, 그때마다 인간 세계에서 아이들이 찾아와 사건을 해결하고 나니아의 독립과 영광을 지킨다. 그들을 도운 것은 전지전능한 사자 아슬란이다. 『사자와 마녀와 옷장』에서 아슬란은 일단 마녀의 칼에 죽는다. 그러나 아슬란은 부활한다. 그런 위대한 사자를 원숭이 시프트가 속인다. 당나귀 퍼즐을 꼬드겨 아슬란의 흉내를 내게 한다.

『마지막 전투』는 수 세기를 이어온 나니아 나라의 멸망 이야기이다. 원숭이 시프트가 '아슬란 님의 대변자'로서 나니아를 지배하며 온갖 횡포를 일삼고, 호전적인 칼로르멘과 거래하여 나니아를 팔아넘긴다. 나니아에 사는 난쟁이들은 신앙심을 잃고, 나니아의 마지막 왕 티리언은 체포되어 나무에 묶인다. 동물들은 아슬란을 섬기는 것을 잊고 두려움에 떤다. 원숭이 시프트는 마침내 칼로르멘의 신 타슈가 아슬란과 동일하다고 주장하기 시작한다.

아슬란은 '신'이나 '예수'로 규정되어 있지 않다. 그러나 나니아에 위기가 닥칠 때마다 아슬란이 나타나 구세주처럼 기적을 일으킨다. 아슬란은 '신'이 분명하다. 그런 신의 이름을 사칭한 사악한 신 타슈와 아슬란을 동일시함으로써 나니아의 멸망은 예고된다. 이것은 원숭이 시프트와 당나귀 퍼즐만의 죄는 아니다. 가짜 아슬란의 비리를 계기로 아슬란에 대한 신앙심과 존경심을 잃은 나니아의 모든 백성들의 죄이다.

나무에 묶여 있던 티리언은 아슬란의 이름을 부른다. 그리고 나니아 나라가 생긴 뒤로, 인간 세계에서 찾아온 아이들의 이름을 부른다. 티리언 왕은 꿈 속에서 인간 세계에 사는 나니아의 친구들을 만난다. 『마지막 전투』 이전의 이야기에 등장했던 아이들 중 수잔을 제외하고 모두 나니아 나라로 불려 온다. 이때 나니아 건국을 지켜보았던 디고리와 폴리는 이제 어른이 되어 있다. 나니아의 장대한 역사가 인간 세계에서는 기껏해야 소년 소녀가 어른이 되는 정도의 시간이었다.

아이들은 곧바로 일을 분담하여 나니아를 위기에서 구하고자 활동을 시작한다. 그러나 호전적인 칼로르멘의 힘이 워낙 강해서 어떻게 해 볼 도리가 없다. 나니아의 군대는 이미 파멸하여 아군도 없다. 아이들은 칼로르멘의 병사들에게 포위되어 마구간 안으로 도망친다. 티리언 왕도 마찬가지다. 그 때 아슬란이 나타나서 말한다. "괴물아, 떠나라." 이 한마디로 모든 것이 사라진다. 칼로르멘의 기사도, 칼로르멘의 신도 사라진다. 방금 전까지 칼부림을 하던 피비린내 나는 광경은 한순간에 사라진다. 인간 세계에서 온 일곱 명은 어느새 전투의 흔적이라고는 찾아볼 수 없는 별세계에 서 있다. 봄처럼 화사한 들판이다. 이곳이 방금 쫓겨 들어간 마구간 안이라고는 도저히 생각할 수 없다. 그러나 마구간 안이 분명하다는 것은 눈앞에 있는 문으로 알 수 있다. 문은 굳게 닫혀 있다.

이윽고 아슬란이 외친다. "자, 이제 때가 왔노라!" "때가 왔노라!" "때가 왔노라!" 그러자 마구간의 문이 활짝 열린다.

문밖에 펼쳐진 것은 방금 전까지 보았던 나니아의 풍경이 아니다. 주위는 온통 암흑으로 뒤덮여 있고 그 속에 빛나는 것은 별들뿐이다. 그때 어디선가 거대한 거인 '시간의 아버지'(『은의자』에서 지하에서 잠자고 있던 인물)가 나타나 뿔나팔을 분다. 그러자 갑자기 유성이 떨어지고 하늘은 어둠으로 변한다. 아슬란은 마구간 입구에 서서 마구간 문 너머의 어둠을 응시하고 있다. 어둠 속에서 모든 생물이 줄지어 마구간 문 쪽으로 다가온다. 공포감와 혐오감을 느낀 생물들은 아슬란의 그림자 속으로 사라져 간다. 존경심과 두려움을 느끼는 생물들만이 마구간 문을 지나 거짓말처럼 밝은 땅으로 들어온다. 나니아를 온통 차지하고 있던 용과 도마뱀들은 늙어 죽고 뼈만 남는다. 이윽고 어둠의 세계에 홍수가 일어, 마구간 문 너머에서는 하늘과 땅 사이에 물이 가득하다. 태양이 죽어가고 달과 뒤엉켜 불덩이가 되더니 바닷속으로 떨어진다. 거인이 태양의 마지막 불덩이를 손으로 움켜쥐고 뭉그러뜨린다. 어둠이 문 너머의 세계를 뒤덮는다.

아슬란이 마구간 문을 닫으라고 한다. 그러자 어둠의 세계는 사라지고 푸른 하늘과 따뜻한 햇빛이 빛난다. 아슬란이 말한다. "더 깊은 곳으로 가자! 더 높은 곳으로 가자!" 모두가 그 소리에 따라 발걸음을 옮긴다. 그곳은 인기척이 없는 무한의 세계이다. 그 속에는 나니아와 똑같은 땅도 있다. 이야기는 이들이 이동하는 모습을 상세하게 그려 간다. 끝없는 전진이다.

아슬란이 "때가 왔노라!" 하고 외친 부분에서, 어른들은 드디어 최후의 심판이 닥쳐왔음을 알아차릴 것이다. 그리고 마지막으로 마구간 문이 닫혔을 때, 이 이야기가 형태를 가진 세계의 종말을 묘사하고 있다는 것을 알 것이다. 6권에 걸쳐서 전개되었던 나니아의 역사는 유한한 생물들의 행위로 이루어졌기 때문에 멸망하는 것이다. 『마지막 전투』는 그 어떤 세계도 언젠가는 멸망한다는 사실을 말해 준다. 마구간 문 너머가 깜깜한 어둠으로 뒤덮인 것을 묘사함으로써 그것을 시사한다. 생명이 다하고 영혼은 봄 들판에 소생한다. 그것은 『마법사의 조카』에서 소년이었던, 그리고 이제는 대학 교수로서 죽음을 맞은 디고리의 말에 잘 나타나 있다.

"피터, 들어 보렴. 아슬란 님께서 너에게 그런 말씀을 하셨을 때에는, 네가 지금 생각하고 있는 나니아를 염두에 두고 계셨던 거야. 하지만 그건 진짜 나니아가 아니란다. 그 나니아는 시작과 끝이었지. 그것은, 언제나 여기 이렇게 있고 앞으로도 영원할 진짜 나니아의 복사판이나 그림자에 불과해. 우리 세계인 영국과 다른 모든 나라가 아슬란 님이 계시는 진짜 세계의 복사판이나 그림자인 것과 같은 이치지."

여기란 영혼의 세계이다. 진짜 나니아는 영원한 안식의 세계이다. 형태를 가진 현실 세계는 결국 유한하며 가능과 불가능으로 가득 차 있었다. 진짜 나니아에서는 떨어지는 폭포를 헤엄쳐 거슬러 올라갈 수 있고, 험한 절벽을 기어올라가도 전혀 피곤하지 않다. 이런 무한한 가능성과 영원한 젊음을 보장하는 진짜 나니아의 모습이 그려져 있다. 장대한 나니아 이야기는 여기서 끝을 맺는다. 모든 것은 '신'의 나라로 불려가 끝난다.

이것은 기독교 신앙이나 웬만한 성서의 지식 없이도 이해할 수 있다. 『마지막 전투』를 다 읽고 나서 돌이켜 생각하면 『마법사의 조카』가 창세기였다는 사실도 알게 된다. 즉 나니아 나라 이야기는 가공의 세계를 빌어 표현한 천지 창조에서 최후의 심판에 이르는 이야기였다. 기독교 신앙, 또는 성서가 생활의 기반인 민족이라면 이 이야기에 훨씬 친밀감을 느낄 것이다. 훨씬 깊이 이해할 수 있을 것이다. 그만큼 여기에는 기독교 신앙이 짙게 깔려 있다.

그러나 과연 나니아 이야기가 단순히 기독교 신앙의 포교서일까? 분명한 것은, 설사 그것이 목적이었다 하더라도 종교적 체험 없이는 이해할 수 없는 이야기가 결코 아니라는 사실이다. 무엇보다 이것은 성서 이야기가 아니다. 성서나 기독교 신학을 문학적으로 형상화한 것도 아니다. 드 라 메어의 작품 중에 『구약 성서 이야기』라는 것이 있지만, 그런 종류의 책도 아니다. 나니아 나라 이야기는 우선 현대의 장대한 판타지이다. 자유분방한 상상력의 산물이다. 작가 루이스가 무엇을 그리려 했는지, 무엇을 이야기하려 했는지, 책의 주제가 무엇인지 생각해 볼 때에야 비로소 이런 종교적 세계관에 직면하는 것이다.

어린이는 이러한 주제를 알기 위해 책을 읽지 않는다. 그 점은 『한밤 중 톰의 정원에서』에서 언급했다. 어린이는 이야기 자체를 즐긴다. 그 것이 자연스러운 독서 태도이다. 만약 이야기 속의 주제나 의도만을 찾 기 위해 책을 읽는다면 그것은 이미 문학을 즐기는 것이 아니다. 학교 교육의 일부로, 국어 공부나 독서 감상문을 작성하는 일이나 다름없게 될 것이다(그렇게 된다면 문학은 본래의 매력을 잃고, 따분함을 마다 않는 '착한 아이'만이 활개칠 것이다).

당연한 말이지만 문학은 그 자체를 즐기는 것에 본래의 모습이 있다. 이 말은 나니아 이야기에도 통용된다. 어린이는 그 이야기 속에 담긴 신앙의 자세와 종교의 본뜻을 탐구하지 않는다. 거대한 규모의 멋진 공 상 세계를 발견한다. '나니아 나라 이야기' 일곱 권은 바로 거기에 부응 하는 어떤 것을 지니고 있다. 그리고 어린이 독자들은 『한밤중 톰의 정 원에서』와 마찬가지로 여기서도 신비한 세계와 일상 세계는 이어져 있 다는 것을 알게 된다.

나니아 나라로 가는 '통로'

나니아 나라에서 '통로'는 다음과 같다.

나니아 나라 창세기에 해당하는 『마법사의 조카』에서는 앤드루 외삼 촌의 서재가 출입구이다. 앤드루 외삼촌은 요정을 대모로 둔 마지막 인 간으로 나온다. '셜록 홈즈가 베이커 거리에 살고 있었'던 무렵이라고 하니까, 1800년대 말인 듯하다. 소년 디고리와 소녀 폴리는 마법을 연구하고 있던 앤드루 외삼촌한테 이상한 반지를 건네받는다. 노란 반지를 끼면 인간이 살고 있는 이 현실 세계와는 다른 세계로 들어갈 수 있고 초록 반지를 끼면 다시 현실 세계로 돌아올 수 있다. 두 아이는 이 반지의 힘으로 또 다른 세계로 들어가 아슬란과 마녀를 만난다. 이 소년과 소녀가 살고 있는 세계는 현재보다 얼마간 과거의 시대이긴 하지만, 어린이 독자들이 살고 있는 세계와 같은 일상 세계이다. 이상할 것도, 신비할 것도 없는 평범한 세계이다. 독자는 자신이 살고 있는 이 일상 세계에서 곧장 '신비한 나라'로 옮겨갈 수 있다. 여기서도 두 세계가 이어져 있다는 느낌이 이 이야기를 친근하게 만들어 준다.

『사자와 마녀와 옷장』에서는 옷장이 '통로'이다. 이 옷장을 빠져나가 겨울의 나니아 나라로 들어가는 것은 피터, 수잔, 에드먼드, 루시, 네 아이다. 네 아이는 제1차 세계대전을 피해 런던을 떠나 어느 늙은 교수의 집으로 간다. 제1차 세계대전은 1914년에 시작되었으므로 『마법사의 조카』로부터 15~20년쯤 경과한 셈이다(그 동안 나니아 나라에서는 수천 년의 세월이 흘렀다). 넷은 너무 지루해서 옷장 안에 들어가 논다. 그때 옷 뒤쪽에서 다른 세계를 발견한다. 이 옷장은 사과나무로 만든 것이다. 『마법사의 조카』에서 나니아 나라로 들어갔던 소년 디고리는 병든 어머니를 위해 아슬란에게서 신비한 사과를 얻어 돌아왔다. 그 사과에서 싹이 돋아 자란 나무로 만든 것이 바로 이 옷장이다. 네 아이가 피난가 있던 교수의 집은 말하자면 어른이 된 디고리의 집인 것이다.

『캐스피언 왕자』에서는 앞의 네 아이가 역 플랫폼에 있을 때 갑자기 나니아 나라로 불려간다. 네 아이는 캐스피언 왕자를 도와 나니아의 독립을 지키고 다시 인간 세계로 돌아온다. 그 사이 인간 세계의 시간은 거의 멈춰 있다.

『새벽 출정호의 항해』는 앞의 네 아이 가운데 에드먼드와 루시가 새로운 등장 인물(사촌인 유스터스 스크러브)과 함께 액자 속의 범선으로 뛰어들어 나니아로 간다.

『은의자』의 '통로'는 스크러브가 다니는 학교 뒷문이다. 짓궂은 아이들한테 쫓긴 스크러브가 질이라는 소녀와 함께 뒷문을 통해 나니아 나라로 들어간다.

『마지막 전투』에서는 디고리를 비롯한 모든 아이들이 나니아로 간다. 다만 『사자와 마녀와 옷장』과 『캐스피언 왕자』에서 행동을 같이 했던 수잔만 빠진다. 수잔은 조숙하고 공부를 싫어하고 예쁜 것을 좋아하는 소녀이다. 인간 세계에서 다른 아이들이 나니아 나라 이야기를 꺼내면 "대단한 기억력이야! 어릴 때 하던 우스꽝스러운 놀이를 아직도 다 기억하고 있다니!" 하고 말한다. 사춘기로 접어든 수잔은 완연히 어른스러워져, 나니아에서 겪은 모험을 어린 시절의 놀이로밖에 생각하지 않게 되었다. 나니아 나라의 존재를 믿을 수 없게 된 유일한 동료이다.

질은 "요즘 수잔 언니는 스타킹이나 립스틱이나 파티 초대말고는 그 어떤 것에도 관심이 없어요."라고 말한다. 또 폴리는 수잔을 이렇게 말한다. "수잔이 제발 진짜 어른이 되면 좋겠구나. 인생에서 가장 중요한 때가 학창 시절인데 수잔은 황금 시절을 그냥 허비하고 있어. 나중에 지금 나이처럼 보이고 싶어서 나머지 인생을 허비할 게다. 아마도 수잔은 인생의 가장 어리석은 시절로 치달았다가, 가능한 한 오랫동안 그 자리에 머물러 있으려고 할 거야."

수잔은 겉모습에 집착하는 인간이다. 나니아 나라라는 자기 내면의 기억 따위는 아무래도 좋다고 생각하는 인간이 되어 있다. 나니아를 망각했기 때문(인간의 내재적 가치의 망각)에 수잔은 『마지막 전투』의 장에 불려 가지 못한다. 폴리의 말은 어떤 삶을 사는 것이 가장 인간다운가를 말해 주고 있다. 작가 루이스의 생각이 드러난 부분으로 보아도 좋으리라.

『마지막 전투』에 수잔을 제외한 전원이 참가하는 방법은 다음과 같다. 피터와 에드먼드는 『마법사의 조카』에서 사용했던 반지를 찾아 낸다. 나머지 사람들은 기차를 타고 그 두 사람이 기다리고 있는 역으로 향한다. 기차 안에서 두 사람의 모습을 찾고 있을 때 갑자기 굉음이 주위를 뒤덮고, 모두들 나니아에 와 있다. 훨씬 뒤에 아슬란이 말한다. "열차 사고가 실제로 있었단다. 너희 부모님과 너희들 모두는 그림자 나라에서 하는 말로 표현하자면 죽은 거란다. 이제 다 끝난 거지. 축제가 시작된 거야. 꿈은 끝나고 이제는 아침이 된 거다."

열차 사고, 그것으로 발생한 죽음이 바로 '통로'이다. 이 긴 이야기의 주인공들은 모두 죽음으로써 또 하나의 세계로 들어온다. 그곳은 영원한 죽음의 그림자를 두려워하지 않는 신의 세계이다. 다시는 '통로'를 통해 인간 세계로 돌아갈 수 없다. 왕복 운동의 즐거움은 끝났다. 그 즐거움은 유한한 생명체인 인간이기 때문에 가능했다. 그러나 그것이 아무리 멋진 모험이었다 해도 영원히 계속되는 즐거움은 아니다. 영원은 신의 세계, 아슬란의 질서 속에서 유지되는 것이다. 인간의 덧없는 즐거움의 '꿈은 끝나고 이제는 아침'인 것이다. 두 번 다시 잠드는 일은 없을 것이다. 이 이야기는 그렇게 말한다.

앞서 말했듯이, 루이스는 기독교적 관점에서 이 이야기를 쓰고 있다. 그는 14살에 기독교에 등을 돌렸다가 30세에 개심했다고 전해진다. 『마법사의 조카』에서 『은의자』까지는 종교적 색채가 그다지 직접적으로 드러나지 않는다. 신비한 세계와 현실은 단절되지 않고 이어져 있다. 그러나 『마지막 전투』에서는 명확하게 신앙적 관점이 강조된다. 모든 인간의 생활에는 종말이 있다고 말하고 유한한 인간 세계를 차단한다. 독자는 사후 세계를 약속받고, 거기에서 안식의 땅을 발견하라는 가르침을 받는다. 하지만 이야기는 여전히 설교적이지 않다. 그런 호소는 있지만, 독자는 그것을 잊고 장대한 공상 그 자체에 감동한다. 태양을 움켜쥐고 뭉그러뜨리는 거인. 마구간의 기적. 그것은 종교적 주석 없이도 독자를 압도한다. 만약 이 이야기가 인간의 유한성을 극도로 강조하고 그 비극적 조건만을 표현했다면 별 감동을 주지 못했을 것이다.

그렇다 해도 아무튼 '통로'는 항상 나니아로, 아슬란에게로 향해 있다. 그렇다면 루이스의 경우 '통로'는 일상적 세계와 신의 질서를 이어주는 것이라고 볼 수 있다. 이것은 이미 현대의 일상적 세계가 신앙을 잃어버렸음을 의미하지 않을까? 지난날, 신들의 질서는 '통로'를 필요로 하지 않았다. 신들의 질서가 인간에게 있었다. 이 말은 '신비한 사건'이 당연한 일로 받아들여졌던 시대가 있었다는 말이다. 세계는 '통로'에 의해 분할되어 있지 않았고, 일상적 세계는 그대로 '신비한 세계'였다. 그것은 민화적 세계에서 안데르센까지를 살펴보면 잘 알 수 있을 것이다.

민화―두 세계의 공존

현실이 바로 '신비한 나라'인 예는 페로(Charles Perrault) 동화에서 볼 수 있다. 바로 저 유명한 「잠자는 숲 속의 미녀」의 후반부이다(페로의 『어미 거위의 이야기_Contes de ma mere l'oye』는 1697년에 출판되었다. 여기에 수록된 「잠자는 숲 속의 미녀」는 그보다 1년 전에 잡지 『메르퀴르 _Mercure』에 먼저 발표되었다. 단, 페로 동화는 그의 아들 피에르 다르망쿠르가 썼다는 주장도 있다).

백 년 동안 오로지 잠만 자던 공주 앞에 어느 날 한 왕자가 나타난다. 공주는 잠에서 깨어나 왕자와 결혼한다. 이윽고 둘 사이에 아이가 태어난다. 그러나 왕자는 아내와 아이들을 자기 성으로 데려가려 하지 않는다. 그 이유는 왕자의 어머니에게 '식인귀'의 피가 섞여 있기 때문이다. 왕자는 어머니에게 공주와 아이들의 존재를 숨긴다. 그러나 마침내 성으로 데려갈 수밖에 없게 된다. 왕이 죽어서 왕위를 이어야 했기 때문이다. 공주와 아이들은 어머니 앞에 나선다. 이때부터 어머니는 이 인간들을 잡아먹을 기회를 노린다. 전쟁이 터지고 새 왕은 전쟁터로 나간다. 이 틈에 요리사를 시켜 아이들을 요리하여 먹으려고 한다. 요리사의 재치로 이 위기를 모면하고, 결국 왕자의 어머니는 독뱀과 해충이 든 큰 냄비 속에 뛰어들어 죽는다.

여기에는 분할된 세계가 없다. 두 가지 의미에서 인간 세계와 신비한 세계는 공존하고 있다.

첫째, 요리사나 성의 기사는 왕비가 '식인귀'라는 사실을 알고 있다. 알면서도 같은 성에 살면서 군신 관계를 유지하고 있다. 그 사실을 알면서도 성을 떠나지 않는다.

둘째, 왕자 어머니의 존재 그 자체이다. 이 왕비는 인간인 동시에 '식인귀'이다. R. L. 스티븐슨(Robert Louis Stevenson)은 『지킬 박사와 하이드 씨_Dr. Jekyll and Mr. Hyde』(1886)에서 약의 힘으로 변신하는 인간을 그렸다. 그러나 왕비는 변신할 것도 없다. 인간이 그대로 '식인귀'이며 '식인귀'가 아무런 절차 없이 인간일 수 있다. 한 인간 속에 '신비한 세계'의 '신비한 존재'와 현실 세계의 인간이라는 존재가 공존하고 있다. '신비함'은 별세계의 것이 아니라 일상 세계의 것이다.

이것은 「잠자는 숲 속의 미녀」만의 이야기가 아니다. 페로 동화의 다른 작품들도 마찬가지이다. 페로로부터 백 년 뒤에 출판되는 『그림 동화』도 마찬가지이다. 이런 공통성은 민화만의 특징일까? 민화에서는 기적 자체가 자연이며, 부자연과 부도덕도 자연이다. 테인메와 조레스는 옛날 이야기를 그렇게 규정했다. 그러나 「인어 공주」에서 보았듯이, 주인공을 유형적 인간의 틀에서 해방시킴으로써 민화적 세계에서 자립한 안데르센 동화에도 신비한 세계와 일상 세계가 아주 자연스럽게 공존하고 있다.

예를 들어 「엄지 아가씨」(1836)의 발단은 이렇다. 한 독신 여자가 자식을 갖고 싶어 한다. 그래서 20실링을 들고 마법사를 찾아간다. 보리

한 알을 얻어와 화분에 심었더니 튤립 꽃이 핀다. 그 암꽃술 위에 앉아 있는 것이 엄지 아가씨이다. 극히 평범한 인간과 마법사가 아무런 차별 없이 공존하고 있다.

「돼지치기 왕자」(1842)도 마찬가지이다. 공주를 얻으려는 왕자가 돼지치기로 변장한다. 공주가 살고 있는 성으로 들어가 계획을 짠다. 그 결과 완성된 것이 신비한 항아리로, 물이 끓으면 노래를 한다. "사랑스러운 그대, 아우구스틴! 가엾어라, 모든 것은 끝났네!" 또 항아리에서 피어오르는 김에 손가락을 대면 온 도시의 집에서 어떤 요리를 하고 있는지 알 수 있다. 왕자는 이것으로 공주의 마음을 사로잡는다. 게다가 신비한 딸랑이까지 만든다. 세상의 모든 시대, 모든 장소의 노래를 연주할 수 있는 딸랑이를……. 항아리나 딸랑이는 마법의 도구이다. 마법 그 자체이다. 평범한 인간에 지나지 않는 왕자가 마법을 배웠다는 이야기는 없다. 마법사의 혈통이라는 증거도 없다. 어느 날 갑자기 이런 마법을 쓰는 것이다. 페로 동화의 왕비처럼 이 돼지치기 왕자도 인간인 동시에 신비한 마법의 힘을 지닌 존재다. '신비한 세계'가 일상성 속에 내포되어 있는 것이다.

이 이야기들은 '옛날, 어느 곳에'로 시작한다. 따라서 창작 동화라고는 해도 민화적 요소를 지니고 있다고 할 수 있다. 그러나 「빵을 밟은 아가씨」(1859)는 어떤가.

거만한 소녀 잉게르는 구두를 더럽히지 않으려고 진창 위에 빵을 던져 놓는다. 그것을 밟고 진창을 건넌다. 그 때문에 늪 바닥의 마녀한테 붙잡힌다. 여기에는 '통로'의 전조가 보인다고 할 수도 있다. 잉게르가 가라앉은 늪이 '통로'라고 생각할 수 있기 때문이다. 그러나 현대의 공상 이야기에 설정되어 있는 '통로'가 '신비한 세계'와 인간의 일상 세계를 명확하게 분할하고 있는 점, 또 그것이 문자 그대로 '통과하는 길'로서 주인공이 두 세계를 왕복할 수 있게 하는 기능을 가졌다는 점(이 왕복 운동으로 독자는 두 세계가 이어져 있다고 느낀다)을 생각한다면, 잉게르의 늪은 이 두 조건이 결여되어 있으므로 '통로'가 아니라는 것을 알 수 있다. 잉게르는 인간 세계로 되돌아갈 수 없지만, 그렇다고 늪 바닥과 인간 세계가 명확히 분할되어 있는 것도 아니기 때문이다. 늪 바닥에 있는 잉게르는 자기를 위해 울어 주는 여자아이의 목소리를 뚜렷이 듣는다. 여자아이는 이윽고 할머니가 되고 마침내 '신의 부름'을 받는다. 할머니가 된 그 여자아이는 천국에서도 잉게르를 위해 눈물을 흘린다. 잉게르는 늪 바닥에서 그 소리를 듣는다. 그리고 비로소 뜨거운 눈물을 흘리고 작은 새가 되어 늪에서 해방된다. 작은 새가 된 잉게르는 빵 부스러기를 모아 참새들을 부른다. 빵 부스러기의 양이 옛날에 밟았던 빵의 양과 같아졌을 때 작은 새 잉게르는 태양을 향해 날아가 보이지 않게 된다.

이 이야기에서는 「돼지치기 왕자」처럼 인간과 마법이 공존하지 않는다. 「엄지 아가씨」처럼 마법사와 인간이 공존하지도 않는다. 인간의 일상 세계에는 마법이나 마법사가 없는 대신에 천국과 인간 세계와 늪 밑바닥의 나라가 공존하고 있다. 각각은 차원이 전혀 다른 세계이다. 그런데도 잉게르를 위해 눈물을 흘린 소녀를 축으로 세 세계가 이어져 있다. 지상의 울음소리나 천상의 울음소리가 늪 바닥까지 들린다. 그리고 늪 바닥의 잉게르는 그것이 누구의 소리인지, 누구를 위해 우는 것인지도 정확히 알고 있다. 다만 잉게르는 지상으로도, 천국으로도 가지 못할 뿐이다. 옴짝달싹도 못 하는 죄수이기 때문에 소리밖에 들을 수가 없다. 이 설정은 분명히 세 세계가 차단되지 않은 채 잉게르 앞에 있다는 말이다. 잉게르는 인간인 동시에 늪 밑바닥의 죄수이다. 그리고 지상이나 천국을 올려다볼 수 있는 존재이다. '신비한 세계'는 마법이나 '식인귀' 대신에 벌의 세계(늪 바닥)와 천국의 형태로 나타나며, 그것은 잉게르라는 소녀와 공존하고 있다.

왜 이러한 이야기의 세계가 성립되는가. 왜 '신비한 세계'와 인간 세계가 차단되지 않고 공존하는가. 혹시 민화(또는 그것에 바탕을 둔 안데르센의 동화)의 경우에는 이런 부자연스러운 공존이 자연스러운 모습이었다기보다 애당초 신의 존재나 마력을 부자연스럽게 여기는 발상 자체가 없었던 것은 아닐까?

부자연스럽다는 규정은 근대의 것이다. 인간이 과학적 세계관을 확립하고 합리적 사고를 유일한 사고로 규정한 데서 생겨났다. 과학적 세계관으로 본다면 인간인 동시에 '식인귀'인 것도, 천국이나 지옥이 공존하는 것도 완전히 불합리하다. 부자연스럽고 믿을 수 없다.

그러나 세계나 인간 존재를 다른 관점에서 생각해 보는 것도 가능하다. 모든 것이 신이 마음먹은 대로 존재하고 신의 마음에 따라 변화한다고 생각한다면, 세상 어떤 일도 신비하거나 부자연스럽지 않을 것이다. 인간이 악마일 수도 있고, 악마와 공존하는 것도 전혀 이상하지 않다. '신비한 세계'가 인간 세계와 공존·융합되어 있는 것을 극히 자연스러운 것으로 받아들이는 것이 원래 인간의 사고 방식이 아니었을까? 그리고 이것은 신의 존재를 믿어 의심치 않는 경건한(소박한) 신앙심이 있었기 때문은 아닐까? 악마의 존재를 의심하거나 신을 모욕하는 일은 있을지언정 의식의 밑바닥에는 신에 대한 두려움이 숨쉬고 있었으리라. 이 두려움이나 공포가 신비한 일을 당연히 일어날 수 있는 일로서 자연스럽게 받아들이게 만들고, 그 때문에 이야기 속에 인간의 일상 세계와 신비한 세계가 공존할 수 있었던 것이 아닐까? 물론 이 말은 기독교적 신앙의 반영이라기보다 애니미즘의 반영이라고 생각될 수도 있다. 특히 민화적 세계의 '신비함' 속에는 애니미즘이 엿보이기도 한다. 그것이 기독교 신앙과 융합되어 소박한 신앙을 만들어 냈다고 할 수도 있다. 그 융합의 시기나 융합 방법은 알 수 없다. 지나친 모험이라고 할 수도 있겠지만, 아무튼 여기서는 '통로'의 성립에 관한 하나의 가설을 나름대로 세워 본 셈이다.

'통로'가 필요해진 시대

이 가설은 이야기 속의 '통로'가 신앙의 퇴조를 전후로 생겨났다는 점에서 추측해 볼 수 있다. 1863년, 영국의 목사 찰스 킹즐리(Charles Kingsley)는 『물의 아이들_The Water Babies』을 썼다. 안데르센이 첫 번째 동화집을 출판한 지 약 30년 만의 일이다. 굴뚝 청소부 톰이 도둑으로 오해받고 익사하여 물의 아이가 되는 이야기이다.

어린이문학의 고전으로 일컬어지는 이 이야기는 킹즐리 목사가 아내의 부탁으로 자기 아이를 위해 쓴 책이라고 한다. 그러나 목사인 킹즐리의 관심은 당시 대두된 찰스 다윈(Charles Darwin)의 진화론에 있었다. 다윈은 『종의 기원_The Origin of Species』(1859)에서 종의 변화(또는 진화) 요인은 환경에 있다고 주장했다. 신의 뜻에 따라 생명의 변화가 일어나는 것이 아니라는 말이다. 킹즐리는 기독교 신앙을 널리 알리고 싶었다. 현실에서는 다윈의 주장과 같은 이질적인 세계관이 대두되고 있었다. 신앙이 퇴조하고 있는 세계에서 신앙을 필요로 하는 세계로 되돌려 놓는 것이 그의 중심 과제였다고 생각할 수 있다.

『물의 아이들』은 우연히도 둘로 분화된 세계(신앙이 퇴조하고 있는 현실 세계와 신앙 세계)를 반영하고 그 통합을 꾀했다. 그것은 소년 톰의 현실 세계와 물의 아이가 된 톰의 세계로 잘 알 수 있다. 톰은 현실 세계에서는 구원받지 못한다. 도둑으로 몰려 불행할 뿐이다. 그러나 물 밑 세계에는 구원이 약속되어 있다. 진정한 인간의 삶을 누릴 수 있다. 그러려면 현실 세계를 부정해야 한다. 이 세계 속에서, 점점 상실되고 있는 신앙의 세계를 발견해야 한다. 어떻게 두 세계를 하나로 이을 것인가. 킹즐리가 설정한 '통로'는 톰의 죽음이었다. 익사라는 '통로'를 통해 신의 질서가 지배하는 세계로 톰을 끌어들이는 것이다. 여기에서 '통로'라는 발상이 성립되었다고 볼 수는 없을까? 인간은 '통로'를 통과해야만 비로소 진실한 뭔가를 발견할 수 있다는 발상은 근대 판타지의 첫걸음이 된다. 그런 의미에서 '통로'의 성립은 일상 세계와 '신비한 세계'의 공존이 상실되었음을 말해 준다. 지난날 자연스러운 모습이었던 '신비한 세계'와 공존하는 것은 이제 부자연스러운 것으로 보이게 되었다. 그런 시대로 접어든 것이다.

물론 신의 질서가 후퇴하고 신앙이 쇠퇴한 것이 다윈의 과학적 세계관 때문만은 아니다. 사회 진화에 따라 인간의 계급적 질서를 재고하게 된 것도 큰 요인이다. 이 시점에서 빈곤과 실업, 그리고 열악한 노동 조건이 사회적 문제로 다루어지게 되었다. 칼 마르크스(Karl Heinrich Marx)가 『자본론_Das Kapital』 제1권을 낸 것은 1867년인데, 그 속에는 킹즐리 목사 시대의 인간상이 다음과 같이 쓰여 있다.

스태퍼드셔(Staffordshire)의 도자기 제조업은 지난 22년간 세 차례에 걸쳐 의회의 조사대상이 되었다. 조사 결과는 '아동노동 조사위원회'에 제출된 스크리븐(Scriven)의 1841년 보고와, 추밀원 의무관의 지시에 의해 공표된 그린하우(Greenhow)의 1860년 보고(『공중위생. 제3차 보고서』, 제1권, pp. 102~113)와, 끝으로 1863년(『물의 아이들』이 출판된 해-저자 주) 6월 13일자 『아동노동 조사위원회. 제1차 보고서』 중의 론지(Longe)의 1862년 보고에 수록되어 있다. 여기에서의 목적을 위해서는 착취당한 아동들 자신의 증언을 1860년 및 1863년의 보고로부터 약간만 인용하는 것으로도 충분하다. 우리는 이 아동들의 상태로 미루어 보아 성인들 특히 부녀자들의 상태를 가히 짐작할 수 있는데, 그들이 종사하는 도자기 제조업에 비해 면방적업은 훨씬 쾌적하고 건전한 직업으로 나타난다.

아홉 살 되는 윌리엄 우드(William Wood)가 "노동하기 시작한 것은

만 7살 10개월 되던 때였다." 그는 "처음부터 그릇 만드는 틀을 날랐다"(즉, 그릇 만드는 틀에 올려진 완성된 제품을 건조실로 운반하고, 빈 틀을 가지고 되돌아오는 일을 했다). 그는 매일 아침 6시에 와서 저녁 9시쯤에 일을 끝마치곤 했다. "저는 1주에 6일 동안 매일 저녁 9시까지 일합니다. 나는 최근 7, 8주일 동안 그렇게 해왔습니다." 일곱 살 난 아이가 15시간 노동을 하는 것이다!

마르크스는 『자본론』 제1판 서언에 '영국이 나의 이론 전개에서 주요한 예증'이 된다고 썼다. 이 아동의 노동 상태는 「착취의 법적 제한이 없는 영국의 산업 생산부문(제1권 · 제3편 · 제10장 · 제3절)」의 아주 작은 예에 불과하다. 수많은 조사 보고서가 이러한 노동 조건의 실례를 보여 주고 있었다.

킹즐리가 『물의 아이들』의 주인공을 굴뚝 청소부 소년으로 설정했던 이유는 이런 사회 상황에 놓인 어린이의 처지와 무관하지 않다. 신앙의 퇴조에 가슴아파할 조건은 킹즐리 앞에 몇 겹으로 버티고 있었다. 이 가혹한 현실 속에 과연 '신비한 세계'가 공존할 수 있을까. 신은 어린이들을 하루 15시간 노동에서 해방시켜 주지도 않았고, 이 가혹한 현실에 구원의 손길도 내밀지 않았다. 여기에서 신앙의 퇴조가 시작된다. 이 경건한 신앙의 퇴행은 '신비한 세계'의 퇴행이기도 하다. 인간은 자신이 속한 일상 세계에 '신비한 세계'는 있을 수 없다는 사실을 알았다.

이렇게 해서 '신비한 세계'는 인간의 일상 세계와 차단되어 '통로' 너머의 나라가 된다. 루이스가 아슬란의 세계인 나니아 나라로 독자를 불러들이기 위해 '통로'를 설정한 것은 신앙의 퇴조 또는 부재와 관련이 있다. 그러나 '통로'를 통해 독자가 '신비한 세계'로 들어가려는 이유가 단지 통로 너머의 세계에 현실에서 추방당한 신의 질서가 있기 때문일까? 킹즐리나 루이스의 경우에는 분명 그런 의도가 있었다. 작가는 그런 나라로서 '신비한 세계'를 상정하고, 그런 세계로 독자가 들어오기를 암암리에 기대하고 있다고 할 수 있다. 그러나 '신비한 세계'가 신의 질서 회복을 위해서만 존재한다고 할 수는 없다.

일찍이 민화적 세계나 안데르센의 작품에도 '신비한 세계'를 성립시키는 것으로서 신앙이 잠재해 있었다. 그것은 분명하다. 그러나 이야기 세계의 구조는 신앙에 지탱하고 있었을지언정 이야기 자체가 반드시 신앙의 증거 그 자체로 끝나지는 않는다. 거기에 경건한 신앙이 반영되어 있었다고 해도(또는 있었기 때문에), 이야기는 인간의 자유로운 상상의 산물이라는 성격을 지녔다. 신앙에 기반을 두었든 그렇지 않든, 자유로운 상상력은 고정화되고 규제받는 인간의 입장을 부정하고 거기에서 빠져나오기 위한 날개가 된다. 모든 '신비한 이야기'에는 해방과 자유를 향한 동경이 담겨 있다. 인간은 그런 자유분방한 이야기를 하고 또 들음으로써 자신의 현재 상태를 지각한다. 이야기를 반추함으로써 바람직한 삶의 방식과 인생을 생각한다. 민화의 세계도, 그 뒤를 이은 안데르센의 세계도 '신비한 세계'라는 형태로 이러한 인간의 요구에 부응했다. 그것은 오늘의 세계가 아니라 내일의 세계를 '어제 있었던 일'로 이야기하는 세계였다. 그리고 듣는 이나 읽는 이는 그 이야기를 통해 일상의 세계를 초월한 다른 세계를 살짝 엿보았던 것이다.

거기에서 신의 존재를 느끼든 느끼지 않든, 이처럼 자연스러운 관계를 전혀 의심하지 않는 존재는 어린이다. 어린이에게 '신비한 세계'는 무엇보다 즐거운 세계, 그리고 현실 사회에서 억압받기 쉬운 자신을 일시적으로나마 해방시켜 주는 나라이다. 그러나 대개의 어른은 어린이처럼 순수하게 공상의 효과를 믿지 못한다. 나니아 나라 이야기의 수잔처럼 어른은 '신비한 세계'를 좀처럼 믿으려 하지 않는 존재다. 공상을 배제한 현실적 태도야말로 올바른 인간의 자세라고 생각하는 어른이 많다. 물론 이 현실적 태도는 사회의 여러 관계 속에서 승인받은 삶의 방식에 자신을 끼워 맞추는 것이다. 인간을 이미 정해진 틀 속에서 파악한다. 그것을 견실한 인생이라고 말한다. 지난날 한 번쯤은 하늘을 나는 꿈을 꾸던 인간이 이제는 어떻게 하면 하늘을 날지 않을 수 있을까 생각한다. 날개를 잃어버린 존재의 '억지' 같기도 하다.

　추콜로프스키는 '돌다리를 두드려 보고 건너는 견실하고 고루한 사람은 현재를 갖고 있지만, 공상하는 사람은 미래를 갖고 있다.'고 했다. 어린이가 '통로'를 지나 '신비한 세계'로 들어가는 것은 견실한 인생 태도를 배우기 위해서가 아니다. 신앙에 눈뜨기 위해서도 아니다. 설사 인간의 의식이나 신앙이라는 포석이 깔려 있더라도 그것은 어른의 배려일 뿐이다. 어린이는 그것을 깨닫는 경우도 있고 깨닫지 못하는 경우도 있다. 설사 깨닫는다고 해도, '신비한 세계'를 파헤쳐 그 속에서 말이나 관념만을 이끌어 내는 방법으로 깨닫지는 않는다. 어른은 그런 식으로 이해할지 몰라도 어린이는 그렇지 않다. 이야기 속에 전개되는 '신비한 세계'를 그것 자체로 즐기는 방법으로 이해한다. '이렇게 재미

있는 세계가 있다니'라는 놀라움, 감동 자체가 작가의 의도를 받아들이는 것으로 이어진다.

어린이는 생각한다. 인간은 이런 세계도 생각해 낼 수도 있단 말인가? 인생이 이토록 놀라움으로 가득 차 있단 말인가? 그렇게 생각한다. 그것은 단적으로 말해서 어른의 배려를 알아차렸다는 말이다. 이 감탄 속에서 인생을 발견한다. 일상 세계에서는 거의 깨닫지 못한 채 지냈던 인간의 가능성을 발견한다. 재미는 곧 발견이다. 그런 의미에서 '신비한 세계'는 인간의 가능성을 열어 주는 역할을 한다.

현대 어린이문학은 '통로'를 설정함으로써 일상 세계와 유리되지 않고 이어져 있는 '신비한 세계'를 만들어 냈다. 이것은 부자연스럽고 불합리한 것으로 치부될 수도 있었던 상상의 공간을 일상 세계로 되돌리는 시도였다. 그렇다고 「돼지치기 왕자」나 「잠자는 숲 속의 미녀」의 '식인귀' 같은 과거의 발상을 되살리려는 것은 아니다. '신비한 세계'로 현대 인간의 가능성을 어디까지 그릴 수 있는가 하는 시도이다. '통로'의 설정은 그 한 방법이다. 물론 이것만이 '신비한 세계'를 만들어 내는 방법은 아니다. 현대 어린이문학에는 '통로' 없이 성립하는 또 다른 '신비한 세계'도 있다. 이를테면 메리 노튼(Mary Norton)의 세계를 들 수 있다. 이것은 분명히 피어스나 루이스와는 다른 '신비함'을 지니고 있다.

3 어린이문학 속의 '신비한 세계'-둘

새로운 마녀의 세계
－메리 노튼의 '마녀 이야기'를 중심으로

새로운 소인의 탄생
－ 메리 노튼의 '소인 이야기'를 중심으로

일본에서 태어난 소인들
－사토 사토루와 이누이 도미코의 '소인 이야기'를 중심으로

전쟁과 어린이문학
－나가사키 겐노스케 『멍청이의 별』의 경우

새로운 마녀의 세계

—메리 노튼의 '마녀 이야기'를 중심으로

프라이스 씨의 매력

우선, 메리 노튼이 어떤 '신비한 세계'를 만들어 냈는지 알아보자. 메리 노튼의 경우, 그것은 '마녀'의 세계에서 '소인'의 세계로 전개되는 형태를 띤다. 물론 마녀라고는 해도 무시무시한 마귀 할멈은 아니다.

어느 날 아침, 캐리와 찰스와 폴, 세 아이가 버섯을 따러 갔다가 삼나무 뿌리께에 웅크리고 있는 프라이스 씨를 발견한다. 프라이스 씨는 베드포드 마을에서 가장 얌전한 부인이다. 다들 그렇게 말한다. 항상 잿빛 웃옷과 치마를 입고 비단 스카프를 목에 두르고 있다. 자전거를 타고 환자를 문병가거나 피아노를 가르치며 살고 있다. 그런 프라이스 씨가 웃옷이며 치마가 너덜너덜 찢어지고 머리카락도 헝클어진 모습으로 쓰러져 있는 것이다. 캐리와 찰스는 깜짝 놀라 어떻게 된 거냐고 묻는다. 프라이스 씨는 발을 삔 것뿐이라며 집까지 데려다 달라고 부탁한다.

캐리와 찰스는 양쪽에서 프라이스 씨를 부축한다. 하지만 폴은 프라이스 씨 옆에 놓여 있던 빗자루만 달랑 들고 따라온다. 빗자루 따위가 뭐 중요하냐고 두 아이가 말한다. 그러자 폴은 "이건 내 게 아냐. 프라이스 씨 거야. 여기에서 떨어졌단 말야. 프라이스 씨는 이걸 타고 있었어." 하고 말한다. 프라이스 씨는 새파랗게 질리고, 두 아이는 기가 막힌다. 폴은 그런 세 사람은 안중에도 없는 듯이 말을 잇는다. "아주 잘 타던데요, 프라이스 씨? 처음에는 영 서투르더니."(이 말을 듣고 프라이스 씨는 울음을 터뜨린다) "아, 어떡하지, 어떡하지? 결국 사람들한테 들켜 버렸어."

프라이스 씨는 빗자루를 타고 하늘을 날다가 실수로 빗자루에서 떨어진 것이다. 사실 프라이스 씨는 마녀가 되려고 공부하고 있었다. 밤마다 빗자루를 타고 하늘을 나는 연습을 하면서 몇 번이나 빗자루에서 떨어질 뻔했다. 그 모습을 우연히 폴한테 들켜 버린 것이다.

이것이 노튼의 『마법의 침대 손잡이_The Magic Bed-Knob』(1945)의 발단 부분이다. 이어서 노튼은 『모닥불과 마법의 빗자루_Bonfires and Broomsticks』(1947)를 쓴다. 그 뒤에 『마루 밑 바로우어즈_The Borrowers』(1952)를 비롯한 '바로우어즈' 시리즈를 발표하는데, 이것은 일단 뒤로 미루고 프라이스 씨의 이야기로 돌아가자.

세 아이들한테 비밀을 들킨 프라이스 씨는 하는 수 없이 아이들에게 입막음의 대가를 치른다. 그것이 침대의 놋쇠 손잡이이다. 침대의 한

부분에 끼워져 있는 둥근 손잡이이다. 마침 폴이 손잡이를 쥐고 있었을 때, 프라이스 씨가 그것에 마술을 건다. 이 손잡이를 조금 돌리면 원하는 곳으로 침대가 날아간다는 것이다.

셋은 가슴을 두근거리며 첫 번째 비행 계획을 짠다. 지금은 여름 방학이기 때문에 셋은 베드포드의 친척집에 머물고 있다. 어머니는 런던에 있다. 아이들은 첫 비행의 목적지를 어머니가 있는 런던으로 정한다. 목적지를 외치고 손잡이를 돌리자, 주위 경치가 영화 필름을 빠르게 돌린 듯이 정신 없이 바뀌고 눈앞이 흐릿해진다. 이윽고 침대는 런던 시내에 내려앉는다. 그런데 하필이면 어머니는 외출중이다. 침대는 거리 한복판에 그대로 놓여 있다. 셋은 침대 위에서 몸을 웅크리고 있다가 꾸벅꾸벅 졸기 시작한다. 경찰이 다가와 검문을 시작한다. 하늘을 나는 침대가 있다는 것을 믿지 못하는 경찰은 셋을 경찰서로 끌고 간다. 침대도 함께 압수한다. 그러나 셋은 꾀를 짜내어 침대 위에 뛰어올라 베드포드의 친척집으로 돌아온다. 마지막 모험에는 프라이스 씨도 동행한다. 침대를 타고 남쪽 섬으로 이동하고 위기 일발의 순간에 다시 돌아온다.

드디어 세 아이들이 베드포드를 떠나는 날, 프라이스 씨가 말한다. 마법은 취미로 즐기는 건 좋지만 하나의 결점이 있다고. 자칫 너무 깊이 빠져들 수도 있다는 것이다. 프라이스 씨는 이렇게 말하며 마법 공부를 그만둘 것을 넌지시 암시한다. 그러나 폴의 손에는 침대에서 빼낸 손잡이가 쥐어져 있다. 여기에서 속편이 예상된다.

『마법의 침대 손잡이』는 공간 이동 이야기이다. 침대는 현재의 다른 지점으로 이동할 뿐이다. 그러나 속편 『모닥불과 마법의 빗자루』는 시간 이동 이야기이다.

프라이스 씨와 세 아이의 재회는 3년 뒤에 이루어진다. 남쪽 섬으로 간 지 2년째 되던 겨울, 신문 광고에 '여름 방학 내내 아이들을 맡아 드립니다'라는 아르바이트 광고가 난다. 광고를 낸 사람은 E. 프라이스. 바로 그 프라이스 부인이다. 셋은 눈빛을 반짝이며 어머니에게 부탁한다. 베드포드에 살던 친척은 세상을 떠나고 그 집도 팔렸다. 따라서 지금으로서는 베드포드로 갈 수가 없다. 어머니는 뭔가 미심쩍어하면서도 셋을 프라이스 씨에게 맡기기로 한다. 셋은 프라이스 씨를 다시 만난다는 기대에 가슴을 설레며 마치 플랜섬 마을로 향한다.

그러나 프라이스 씨는 이미 마법 공부에서 완전히 손을 뗐다고 한다. 셋은 실망한다. 폴이 소중히 간직하고 있던 마법의 손잡이도 짐을 정리할 때 프라이스 씨가 압수해 버린다. 프라이스 씨는 소풍을 계획하거나 크리켓을 가르치거나 책을 읽어 준다. 그러나 세 아이는 마법에 굶주려 있다.

그런데 어느 날 아침, 캐리가 프라이스 씨의 방을 들여다봤더니 침대가 없다. 폴도 보이지 않는다. 마침내 침대가 하늘을 난 것이다. 대발견을 한 캐리와 찰스는 프라이스 씨를 채근한다. 이리하며 마법의 침대는 딱 한 번 더 활용된다. 셋은 손잡이를 돌려서 과거로 출발한다. 이번에는 17세기의 런던으로.

그 무렵 런던에는 에메리우스 존스라는 젊은이가 살고 있었다. 마법사가 되기 위해 스승 밑에서 공부를 하고 있다. 그러나 스승이란 작자는 돈벌이를 위해 마법을 간판으로 내세우고 있을 뿐, 아무런 힘도 없다. 그는 죽기 직전 에메리우스를 불러서 마법 따위는 없다고 한다. 마법 공부를 위해 전 재산을 날린 에메리우스는 고민에 빠진다.

이때 세 아이가 나타난다. 에메리우스는 깜짝 놀란다. 당장 나가 달라고 간곡히 사정한다. 그러자 아이들은 정확하게 지금이 몇 년인지 가르쳐 주면 가겠다고 한다. "1666년 8월 27일이야." "1666년? 그럼, 찰스 2세 시대야." "어, 그럼, 일 주일 뒤면 런던에 대화재가 발생하잖아." 아이들은 역사적 사실을 떠올리며 기뻐한다. 역사적 사실에 따르면, 이 집도 불타고 화재의 원인도 확실하다. 불이 어떻게 번져 가는지도 알고 있다. 셋은 그만 이 사실을 말해 버린다. 에메리우스는 놀라움과 감탄에 휩싸인다. 죽은 스승은 마법 따위는 없다고 했지만, 그것은 거짓말이었다. 이들이야말로 마법사가 아니고 무엇이란 말인가 하고 생각한다. 그리고 아이들한테 프라이스 씨 이야기를 듣고는 꼭 한 번 만나고 싶어한다. 마침내 에메리우스는 세 아이와 함께 침대를 타고 20세기로 찾아온다.

프라이스 씨는 에메리우스를 보고 난감해한다. 주름투성이 털가죽에 덥수룩한 머리. 프라이스 씨는 하는 수 없이 목욕을 시키고 밥을 먹이고 양복을 입히며 이것저것 치다꺼리를 해 준다. 그러나 프라이스 씨는 에메리우스를 원래 세계로 되돌려 주자고 한다. 과거의, 이 세상 사람이 아닌 에메리우스를 현재에 머물게 하는 것은 자연의 섭리를 거스르는 일이라고 생각하기 때문이다. 그래서 네 사람은 에메리우스를 다시 침대에 태우고 17세기로 돌아간다. 모든 것을 사무적으로 처리해야 한다고 프라이스 씨는 생각한다. 그가 슬퍼하거나 매달리지 않도록 곧장 20세기로 돌아온다.

자동차에 놀라고 마멀레이드에 감탄했던 에메리우스. 마법에 관해 장황한 이야기를 늘어놓고 소풍을 좋아했던 에메리우스. 헤어진 뒤에 누구보다 그 생각을 절실하게 한 사람은 바로 프라이스 씨였다. 프라이스 씨는 더 이상 참지 못하고 말한다. "우리, 에메리우스가 잘 있는지 잠깐 보고 오지 않을래……."

그 무렵 에메리우스는 감옥에 갇혀 있었다. 런던 대화재의 범인인 나쁜 마법사로 체포된 것이다. 고문을 받고 드디어 화형을 당하려는 순간, 프라이스 씨가 나타난다. 빗자루를 타고 진짜 마녀처럼. 군중은 사방으로 도망친다. 위기 일발의 순간에 에메리우스를 구출한 네 사람은 20세기로 돌아와 다시 함께 생활한다. 그러던 어느 날, 프라이스 씨는 다음과 같이 말한다. 이 집을 팔 것. 그 돈을 적십자에 기부할 것. 그 이유는 "20세기가 한 사람의 건전한 여성을 잃는 것에 대한 보상"이라고 프라이스 씨는 덧붙인다.

프라이스 씨는 그렇게 말한다. 그리고 침대는 사라진다. 이제 프라이스 씨도, 에메리우스의 모습도 없다. 두 사람은 두 번 다시 20세기로 돌아오지 않을 것이다.

아이들은 17세기에 에메리우스가 살았다는 들판으로 가 본다. 셋은 프라이스 씨와 에메리우스가 여기서 어떻게 살았을지 상상한다. 그 때 캐리가 말한다. "다들 못 들었어? 프라이스 씨의 목소리가 들렸잖아."

"프라이스 씨가 뭐, 뭐라고 했는데?" 찰스와 폴이 되묻는다. 캐리는 진지한 얼굴로 대답한다. "캐리, 얼른 그 양상치밭에서 나오래."

이 이야기는 몇 가지 점에서 매력적이다. 우선 '마녀'의 설정 방법이다. 인간이 '식인귀'이며 '식인귀'가 인간이라는 공존의 발상과 달리, 마을에서 가장 얌전한 여성이 취미로 마법을 공부하여 마녀가 되려고 한다. 그 점이 재미있다. 상당한 수준의 마법을 익히지만 결국 마녀가 되지 못한다. 프라이스 씨는 그것을 후회하지도 않을 뿐 아니라 태연하기까지 하다. 극히 평범한 인간이 지극히 자연스러운 형태로 '신비한 세계'를 만들어 내는 점에 매력이 있다.

이 인간적인 마녀의 매력은 트래버스의 『메리 포핀스』를 떠올리면 더 확실해질 것이다. 거만하고 사람을 깔보는 메리 포핀스. 온갖 초능력을 갖추고 있지만 속내를 털어놓지 않는 태도. 항상 가르치려 들고 잘난 척하며 잔소리만 늘어놓는 쌀쌀함. 그에 비하면 지나치다 싶을 만큼 청결한 것을 좋아하지만, 프라이스 씨는 독자와 같은 차원에 서 있다. 실제로 세 아이들과 함께 모험 여행을 떠나고, 스스로 마법 사용을 금지해 놓고도 끝내 그것을 어긴다. 메리 포핀스처럼 절대자로 군림하는 것이 아니라 독자와 마찬가지로 실수를 범하기 쉬운 인간으로 그려져 있다. 여기에 친근감이 생긴다.

이 친근감은 에메리우스와의 관계로 더 깊어진다. 프라이스 씨가 17세기의 인간을, 그야말로 누더기를 걸친 거지 같은 인간을 사랑하기 때문이다. 얌전하고 조심성 많은 숙녀인 프라이스 씨는 이것을 딱 부러지게 표현하지 않는다. 고독한 사람은 함께 살 필요가 있다고 말할 뿐이다. 그리고 침대와 함께 사라진다.

　신분, 가문, 이질적인 입장을 극복한 사랑 이야기는 많다. 그러나 프라이스 씨가 극복한 것은 우선 시간이다. 청결하고 편리한 현재의 생활을 모두 포기한다. 이런 현재를 포기하는 것은 생존을 포기하는 것과 다름없다. 생존에 따르는 내일에 대한 가능성을 버리는 일이다. 내일, 어떤 일이 생길지 알 수 없다. 현재의 입장을 수정하는 것일지도 모른다. 그러나 과거는 수정할 수 없는 형태로 완결된 세계이다. 거기에 남아 있는 가능성이란, 거대한 역사의 기록에서 외따로 떨어진 이름도 없는 민중으로 살아가는 것이다. 소박한 일상 생활은 미지수를 얼마간 포함하고 있다고는 해도 대부분은 알고 있는 세계이다. 그런데도 굳이 프라이스 씨는 이미 역사로 알고 있는 그 불편한 과거로 돌아간다. 마법도, 문명도, 가능성도 아낌없이 버리고 간다.

　여기에 담겨 있는 것은 반문명의 사상일까. 이 뒤에 쓰인 소인 시리즈를 생각하면 그렇게 받아들일 수도 있다. 그런 사고 방식이 있었을지도 모르고 그렇지 않았을지도 모른다. 그렇지 않은 경우에 부각되는 것은 프라이스 씨를 통해 말하려는 사랑의 힘이다. 마법보다 중요한 인간의 사랑이다. 프라이스 씨는 에메리우스를 사랑하기 때문에 끝내 마녀가 되지 못한다. 이런 프라이스 씨에게 아이들은 실망할까. 두 번 다시 마법을 볼 수 없다는 점에는 분명 실망할 것이다. 그러나 프라이스 씨의 선택을 아무도 나무라지 않는다. 마음으로 축복한다. 그것은 마지막 장면에 잘 나타나 있다. 아이들은 프라이스 씨를 그리워하며 이것저것 상상한다. 에메리우스가 프라이스 씨를 얼마나 사랑하는가 하는 것을 말로 표현하기도 한다. 신비한 마법 이야기가 인간의 사랑 이야기로 끝난다. 이것이 두 번째 매력이다.

시공 이동 이야기와 변신 원망(變身 願望)

그렇다고 해도 마법은 마법이다. 역시 최대의 매력은 침대가 날아다닌다는 점이다. 두말 할 것도 없이 이것은 하늘을 나는 융단의 발상에 뿌리를 두고 있다. 안데르센 역시 『아라비안 나이트』에서 소재를 빌어와 「하늘을 나는 가방」(1839)을 썼다. 이보다 더 잘 알려진 것으로 H. G. 웰즈(Herbert George Wells)의 『타임 머신_The Time Machine』(1895)이 있다. 인간은 시간이나 공간 이동 이야기에서 무엇을 기대하는가.

시공 이동 이야기가 단순한 탐험 이야기가 아닌 것은 확실하다. 거기에는 다음과 같은 재미가 있음을 부정할 수 없다. 시공 이동 이야기는 세상 어디로든 이동할 수 있다는 점에서, 인간을 신의 지위에 가깝게 한다. 물론 조금 과장된 말일 수도 있다. 그러나 현재에서 과거로 역행하는 시공 이동 이야기는 분명 훤히 알고 있는 세계를 신의 눈으로 보는 것과 비슷하다고 할 수 있다. 거기에 살고 있는 사람들은 내일 당장 무슨 일이 일어날지 모른다. 그것을 알고 있는 사람은 현재에서 온 시간 여행자뿐이다. 그는 과거를 알고, 그들의 미래를 예견할 수 있기 때문에 신의 입장에 설 수 있다. 적어도 우월감을 맛볼 수 있다. 그러나 이것은 '과거'로 돌아갔을 경우의 이야기다. '미래' 세계로 들어간 경우에는 어떨까. 이때는 반대로 '미래' 세계의 사람들이 시간 여행자의 미래를 예견한다(미래인에게는 그것이 과거의 일이기 때문이다). 그런 입장에 놓인다. 신의 눈을 가진 것은 미래인이지 현재에서 온 여행자가 아니다. 그렇다면 시간 여행자는 자신의 열등함을 증명하는 꼴이 될 뿐이다. 그래서 시간 여행 이야기는 한 가지 궁리를 한다. 미래는 문자 그대로 아직 존재하지 않는 세계이다. 미래는 현재의 축적이며, 그 발전의 결과로 성립되는 세계이다. 그것은 고정되거나 완결된 세계가 아니라 아직 완성되지 않은 부정형의 세계이다. 따라서 가령 미래 세계에 인류 파멸이 기다리고 있다고 해도 현재의 노력으로 바꿀 수 있다. 미래가 고도로 기계화된 문명 사회라면, 그에 대처할 방법을 '지금' 연구하면 된다. 곧 시간 여행자는 미래를 엿봄으로써 미래의 모습을 바꿀 가능성을 갖고 있다고 할 수 있다. 시간 여행 이야기는 현재만이 실재 세계라고 규정함으로써 미래에 대한 우월감을 확보하려 한다.

시공 이동 이야기에는 이러한 우월감이 있다. 이것이 하늘을 나는 '융단'에서 '타임 머신'이 탄생한 근원에 있는 것이라고 생각할 수도 있다. 그러나 이것은 어디까지나 시공 이동 이야기가 낳은 하나의 결과이다. 결과로서 신과 비슷한 입장의 우월감을 맛보기도 하지만, 원래 시공을 자유롭게 이동하고자 하는 인간의 바람에는 다음과 같은 것이 포함되어 있었다. 바로 이질적인 다양한 인생을 살고 싶다는 바람이다.

인간은 단 한 번뿐인 유한한 인생을 살고 있다. 특정 시대, 특정 장소에서 타인과 결코 바꿀 수 없는 형태로 자신의 삶을 살아갈 수밖에 없다. 성격, 가족, 경제적 조건, 사회적 입장, 인간 관계, 인종, 국적 등의 요인이 인간을 속박한다. 이 몇 겹의 틀 속에서 개인이 체험할 수 있는 범위는 한정되어 있다. 최대한 자신의 세계를 넓혀 본들 어차피 그것은 개인의 인생일 뿐이다. 지금 여기에 존재하면서 동시에 다른 시간, 다른 장소에 존재할 수는 없다. 그렇기 때문에 인간은 할 수만 있다면 이곳과 이곳 이외의 또 다른 곳에서 동시에 살고 싶어한다. 이질적인 체험, 이질적인 인생을 갖고 싶어한다. 과거든 현재든 또 미래든……. 이 소박한 바람이 한순간에 공간을 뛰어넘어 다른 지점으로 가는 발상을 낳고, 시간을 이동해서 갖가지 사건과 맞닥뜨리는 이야기를 낳는다. 이렇게 볼 수 없을까? 시간과 공간을 뛰어넘는 이야기에는 무한한 인생에 대한 유한한 인간의 동경이 잠재되어 있는 것이다.

다양한 인생을 살고 싶다는 바람은 변신 원망과 관련이 있다. 변신의 발상 역시 둘 이상의 모습을 가짐으로써 자신이 자신이면서 전혀 다른 존재이고 싶다는 욕구에 의해 지탱되기 때문이다.

모든 인간(어른들은 물론이고 어린이들까지)이 이런 바람을 갖고 있다는 것은 E. 네스빗(Edith Nesbit)의 『다섯 아이들과 모래 요정_Five Children and It』(1902)을 보면 알 수 있다(이 작품은 현대 어린이문학의 출발점이다. 그 점에 관해서는 뒤에서 언급하겠다).

런던에서 시골로 이사해 온 다섯 아이들은 어느 날 모래 채취장에서 모래 요정 사미어드를 만난다. 사미어드의 눈은 달팽이처럼 긴 뿔 끄트머리에 달려 있어서 늘였다 줄였다 할 수 있다. 귀는 박쥐 귀처럼 생겼고, 절구통처럼 생긴 몸통은 꼭 거미 같다. 팔다리에는 털이 북슬북슬하고 손발은 꼭 원숭이 같았다. 몇천 년 전부터 모래 속에서 살고 있었다. 그것을 로버트, 앤시아, 시릴, 제인 들이 파낸 것이다.

모래 요정이 하는 일은 인간의 소망을 들어주는 것이다. 어떤 소원이든 들어줄 수 있지만 하루밖에 효과가 없다. 날이 저물면 원래대로 돌아간다. 막내를 제외한 네 아이는 날마다 번갈아 가며 한 가지 소원을 사미어드에게 부탁한다. 사미어드는 몸을 부풀려 그 소원을 들어준다. 첫 번째 소원은 '아무도 몰라볼 만큼 아름답게'이다. 효과는 직방. 다들 너무나 아름답게 변한 탓에 시녀한테 쫓겨나 집으로 들어가지 못한다. 네 아이는 질리지도 않고 잇달아 소원을 말한다. 산더미 같은 금화, 날 수 있는 날개, 임금님이 되어 성에서 사는 일…….

이야기에서는 소원이 이루어질 때마다 어려운 문제나 신기한 사건이 생기고 저녁이 되어 원래 모습으로 돌아와서야 겨우 해결된다. 언뜻 보기에는 지극히 덧없는 아이들의 꿈 이야기이다. 그러나 이 소원 하나하나에는 어린이는 물론이고 어른에게도 해당되는, 다양한 인생을 누리고 싶다는 바람이 담겨 있다. 곧 앞서 말했던 하늘을 날고자 하는 바람과 같은 것이다. 시간 이동이나 공간 이동, 그리고 변신 원망은 실은 하나의 뿌리에서 나온, 인간의 '다양한 인생'을 누리고 싶다는 바람의 표현이 아닐까. 나는 그렇게 말하고 싶다.

새로운 소인의 탄생

—메리 노튼의 '소인 이야기'를 중심으로

소인과 인간의 관계

인간과 이야기를 하면 안 된다. 이야기는 고사하고 인간한테 들켜서는 안 된다. 절대로 인간한테 들키지 않고 숨어 살아야 한다. 이것이 '바로우어즈'라는 소인들의 좌우명이다.

노튼은 1952년 이 기묘한 좌우명을 가진 소인 이야기를 출판했다. 바로 『마루 밑 바로우어즈』이다. 『들판으로 간 바로우어즈_The Borrowers Afield』(1955), 『강으로 간 바로우어즈_The Borrowers Afloat』(1959), 『하늘을 나는 바로우어즈_The Borrowers Aloft』(1961)는 그 속편이다. 여기서 '신비한 세계'는 완전히 새로운 국면을 개척한다. 마법도 기적도 초능력도 없는, 단지 존재하는 것 자체가 신비한 소인의 등장이다.

소인 이야기로는 페로의 「엄지 동자」, 그림 형제의 「백설 공주」, 안데르센의 「엄지 아가씨」 등이 유명하다. 그러나 노튼이 창조한 소인은 인간 그 자체이다. 하루하루를 무사히 넘기기 위해 억척스럽게 노력하며, 항상 불안과 고민에 싸여 있는 소인이다. 겉모습이나 생김새도 인간과 똑같을 뿐 아니라 생각도 인간과 다르지 않다. 다른 점이 있다면, 인간보다 훨씬 작고 인간을 무서워하며 인간의 집 마루 밑에서 살고 있다는 것이다. 소인들의 노동은 인간 세상에 숨어들어 핀이나 손수건이나 감자나 호두 같은 생활에 필요한 모든 물건을 부지런히 '빌리는' 것이다. 이것은 도둑질이 아니다(라고 소인들은 믿고 있다). 빌려 사는 소인의 경우, 도둑질이란 같은 소인의 물건을 멋대로 쓰는 일이다.

『마루 밑 바로우어즈』 이야기는 팟이라는 소인이 인간에게 들키면서 시작된다(물론 그 전에 이 소인 이야기의 틀이라고 할 수 있는 인간 세계의 이야기가 나온다. 이것은 나중에 이야기하겠다). 팟에게는 아내 호밀리, 딸 아리에티가 있다. 신중함을 신조로 여기는 팟은 딸의 바깥출입을 허락하지 않는다. 바깥이란 마루 위의 나라, 인간의 집이다. 그런 팟이 '빌리러' 나갔다가 한 사내아이한테 들킨다. 이것은 '빌리는 사람들'인 소인에게는 큰 사건이다. 1892년에 같은 집의 응접실 뒤에 살던 소인 헨드리어리 아저씨가 인간에게 들킨 적이 있다. 헨드리어리는 고민 끝에 인간들의 집을 떠나 들판의 동굴로 보금자리를 옮겼다. 그 뒤로 탈없이 잘 살아 왔는데 이제 와서 들키다니, 이것은 돌이킬 수 없는 실수이다. 팟은 고민한다. 아내 호밀리는 안정된 생활은 끝장나고 자기들도 동굴 속에서 살아야 하는 게 아니냐며 당황한다.

단 한 가지 다행스러운 것은 팟을 발견한 사내아이가 별로 나쁜 인간이 아닌 듯하다는 점이다. 그 사내아이는 친절하게도 팟에게 컵을 주었다. 따라서 결과는 그렇게 나쁘지 않을지도 모른다. 그러나 방심할 수 없다. 팟의 말에 따르면, 인간들은 "나쁘기도 하고, 좋기도 하고, 정직하기도 하고, 교활하기도 하지. 동물들이 말을 할 수 있다면 나랑 똑같은 소리를 할 거다. 잉간들이 무슨 소릴 하든 가까이하지 말라는 옛말도 있어. 잉간을 가까이한 빌리는 사람치고 끝이 좋은 사람 못 봤"다는 것이다.

아리에티는 그렇다면 마루 밑을 나가 다른 곳으로 가면 된다고 생각한다. 그리고 헨드리어리 아저씨네가 이사를 간 것도 인간한테 들켰기 때문이 아니라 마루 밑에 살기 싫었기 때문이라고 주장한다.

"매일매일…… 아니 몇 주일이고 몇 년이고 갇혀 사는 게 싫어서 도망갔을 거예요." 아리에티는 바깥 세상, 파란 하늘과 풀이 있는 세계를 동경하고 있다. 아버지 팟은 그런 아리에티에게 바깥 세상을 보여 주기로 결심한다.

3주일 뒤, 일하러 가는 팟을 따라 위쪽 세계로 나갔던 아리에티는 사내아이한테 들킨다. 사내아이는 아리에티를 요정이라고 생각한다. "너, 날 줄 아니?" 하고 묻는다. "아니, 너는?" 하고 아리에티는 되묻는다. "못 날아. 요정이 아니니까." 사내아이는 얼굴을 붉히며 말한다. "나도 요정이 아냐. 이 세상에 요정은 없어." 두 사람은 서로 친밀감을 느꼈고, 아리에티는 금기를 깨고 인간과 친구가 된다. 그 뒤로 사내아이는 마루바닥을 뜯어 내고 소인들에게 필요한 물건을 잇달아 선물한다. 인간을 극도로 경계하던 호밀리까지 매우 기뻐한다. 급기야 욕심까지 부린다. 아리에티는 선물의 보답으로 사내아이한테 책을 읽어 준다.

아리에티는 풀숲에 등을 대고 드러누운 그 아이의 어깨 위에 올라서서 책장 넘길 때를 알려 주었다. (중략) 그 아이는 아리에티가 책을 읽어 주는 동안 아주 조용히 귀를 기울였다. 두 사람은 신비한 세계들을 함께 여행했다. 아리에티는 아주 많은 걸 배웠다. 그 중에는 이해하기 힘든 것도 있었다. 아리에티는 예전에 알고 있던 것과는 달리 이 지구가 '바로우어즈'를 위해 존재하는 게 아니라는 사실을 깨닫게 되었다. 그 아이의 입가에 의미 있는 웃음이 퍼지자 아리에티는 "그렇다고 큰 사람들을 위해 존재하는 것도 아냐." 하고 주의를 주기도 했다.

금지되어 있던 인간과 교류를 함으로써 아리에티는 자신의 처지를 이해하기 시작한다. 인간이 절대적이지도 않고 소인이 절대적이지도 않다. 서로 똑같은 인간이라는 의식을 갖기에 이른다.

이 상호 이해의 시대는 이윽고 파국을 맞는다. 물건이 눈에 띄게 없어진 탓에 요리사 드라이버 부인이 마루 밑의 세계를 찾아 낸다. 마루 바닥이 뜯겨 나가고 사내아이가 준 선물과 팟이 빌려 온 물건이 모두 들려 나간다. 결국 사내아이는 공부방에 갇히고 쥐잡이꾼이 연기를 피워 소인들을 몰아내기 시작한다. 산지기네 아이 톰이 흰 족제비를 주머니에 넣고 그 모습을 구경하고 있다. 연기 속에 휩싸인 아리에티 가족은 무사히 도망쳤을까. 공부방에 갇혀 있던 사내아이가 방을 빠져나가 마루 밑으로 통하는 창살문을 뜯어 내는 장면에서 이 소인 이야기는 끝난다.

"그게 끝이 아니지요?" 하고 케이트가 묻는다. "그래, 그 뒤에도 일은 많았지." 하고 대답하는 것은 메이 아줌마다. 소인 아리에티 가족의 이야기는 메이 아줌마가 케이트라는 소녀에게 들려주는 구조로 이루어져 있다. 소인 아리에티와 친구가 된 사내아이는 메이 아줌마의 동생이다. 이 이야기와 속편인 『들판으로 간 바로우어즈』와 『강으로 간 바로우어즈』는 케이트가 어른이 되어서 메이 아주머니한테 들은 이야기와 그것을 근거로 자신이 조사한 것을 재현해 가는 형식을 띠고 있다.

속편인 『들판으로 간 바로우어즈』에서 케이트는 소인 아리에티의 일기를 손에 넣는다. 그것을 케이트에게 준 것은 여든 살의 노인 굿이너프이다. 굿이너프는 『마루 밑 바로우어즈』의 마지막 장면에서 흰 족제비를 주머니에 넣고 있던 소년 톰이다. 톰은 '마을의 으뜸 가는 거짓말쟁이'로 통한다. '빌리는' 소인 이야기를 떠벌리는 바람에, 그 말을 믿지 않는 어른들이 지어 준 별명이다. 톰 노인은 케이트가 소인의 존재를 믿고 있기 때문에 자기 어린 시절 이야기를 들려준다.

소년 톰 굿이너프는 연기 속을 빠져나가 들판을 떠돌며 살아가는 아리에티 가족을 돕는다. 아리에티 가족은 낡은 구두 속에서 잠을 자기도 하고 먹을 것을 구하기 위해 고생하기도 한다. 그러다가 마일드아이라는 사내의 마차 속에 갇힌다. 톰 굿이너프는 이들을 돕기 위해 흰 족제비를 푼다. 흰 족제비로 보였던 것은 사실 같은 소인인 스피라였다.

『들판으로 간 바로우어즈』에서는 스피라와 만나는 일이 하나의 사건을 이룬다. 스피라는 부모도 없는 부랑자 같은 소인이다. 격식이나 교양, 예의 범절을 중시하는 호밀리는 스피라가 마땅찮다. 그러나 아리에티는 스피라에게 호감을 갖고 스피라도 보기좋게 세 사람을 위기에서 구출한다. 셋은 고생스럽던 들판 생활에서 벗어나 톰의 집에서 살게 된다. 굴로 옮겨 간 줄 알았던 헨드리어리 아저씨도 이 집에서 살고 있다.

만약 이 집 주인(톰의 할아버지)이 병에 걸리지 않았다면 소인들은 계속 안정된 생활을 누릴 수 있었을 것이다. 그러나 톰의 할아버지는 병원에 입원하고, 톰은 아저씨네 집에 맡겨진다. 인간이 없는 집에서 소인들은 식량을 구할 수 없다. 이것이 『강으로 간 바로우어즈』의 발단이다.

문득 정신을 차리니, 인간의 모습이 사라진 톰의 할아버지네 집 출입구에는 모조리 못이 박혀 있다. 하는 수 없이 팟 가족은 스피라의 도움을 받으며 하수구를 따라 탈출을 감행한다. 하수구로 내려간 아리에티는 어머니 호밀리와 비눗갑 뚜껑에 올라탄다. 주위는 생선 뼈다귀 같은 오물로 가득하다. 팟과 스피라는 짐을 끌며 하수구 속을 걸어간다. 문득 어디선가 목욕통 마개를 뽑는 소리가 들린다. 느닷없이 하수구로 물이 콸콸 흘러든다. 네 사람은 대홍수에 휩쓸려 강으로 나갔지만, 거기에서도 산 너머 산의 상황이 이어진다. 성서의 「출애굽기」를 연상시킨다. 그러나 이 이야기의 재미는 사건 자체에는 물론이고 사건에 맞닥뜨린 어른 소인과 어린이 소인의 반응에도 있다. 세 사람의 입장이 섬세하게 그려져 있다. 그 재미는 '줄거리'로는 전달할 수 없다. 이것은 '장난감 마을' 리틀 포덤에서도 마찬가지이다.

『하늘을 나는 바로우어즈』는 빌리는 소인들 사이에서 전설로 전해 내려오는 마을, 리틀 포덤의 성립에서 시작된다. 그것은 인간이 만든 '장난감 마을'이다.

열차 사고로 한쪽 다리를 잃은 포트라는 사람이 있다. 오소리를 구하려다가 오소리한테 물려 균형을 잃고 쓰러져 열차에 친 것이다. 포트 씨의 취미는 모형 기차나 역을 만드는 것이다. 그러다가 점차 숲을 만들고 마을을 만들어 '장난감 마을'로 발전시킨다.

이것을 그대로 흉내낸 것이 플래터 씨. 플래터 씨는 돈벌이를 위해 '장난감 마을'을 만든다. 그곳으로 아리에티 가족이 찾아온다. 플래터 씨는 인형 대신 살아 있는 소인을 쓰려고 셋을 가둬 버린다. 세 사람이 도망칠 수 있는 곳은 하늘밖에 없다. 창문의 걸쇠를 푸는 방법, 하늘을 나는 방법……. 아리에티 가족은 그것을 하나하나 검토하여 실행에 옮긴다. 기구를 만들어 플래터 씨 집에서 탈출하는 것이다.

기구로 탈출하는 도중에 아리에티는 이렇게 말한다. "난 어른이 되면 스피라와 결혼할 거야……." 이 말을 들은 어머니 호밀리는 깜짝 놀란다. "그 애는 쉴새없이 돌아다니는데." 호밀리는 가정을 평온한 것이라고 생각하고 있다. 남편은 그런 안정된 세계를 확보하기 위해 일하는 사람이지, 가정 밖으로 돌아다니는 사람이 아니다. 그런 의미에서 스피라는 실격이다. 그러나 아리에티는 말한다. "나도 돌아다닐 거야." "그리고 우리가 늘 돌아다니면 엄마도 자주 만나러 갈 수 있고……." 호밀리는 비아냥거린다. "어머나, 벌써 '우리'가 된 거니!"

탈출에는 성공했지만 위험이 완전히 사라진 것은 아니다. 아버지 팟에게는 바람의 방향이 문제였고, 어머니 호밀리는 지상에 안전하게 내려앉는 것이 큰 문제였다. 팟과 호밀리는 오로지 '현재'를 생각하고 있다. 그러나 위험 한가운데 있을 때에도 아리에티의 생각은 '미래'를 향해 있다. 이처럼 두 세대는 선명한 대비를 이룬다.

세 사람은 플래터의 마을에 비하면 그야말로 자유로 가득한 포트 씨의 '장난감 마을'로 들어간다. 여기에는 소인을 이해하는 멘티스라는 사람도 있다. 호밀리는 겨우 정착할 곳을 찾았다고 생각한다. 여기라면 안심할 수 있다고 한다. 하지만 팟의 생각은 다르다. "인간이란 길들여지지 않아. 언젠가 틀림없이 엄청난 짓을 저지를 거야. 설마 하다가 발등 찍힌다고." 이렇게 말하고 다시 이사를 결심한다.

노튼은 다음과 같은 말로 이 이야기를 끝맺는다.

이야기에는 진정한 끝이 없다. 언제까지나 언제까지나, 영원히 계속된다. (중략) 이 이야기도 앞으로 계속되지만, 이번에는 여러분들이 이야기할 차례이다. 앞으로도 갖가지 일들이 일어날 것이다. 여러분이 머릿속에 그리는 것은 분명 나의 추측과 똑같을 것이라고 생각한다.

그 뒤에는 아리에티가 부모님과 비교도 할 수 없을 만큼 자유롭게 살아가는 이야기가 나온다. 『마루 밑 바로우어즈』에서 아리에티는 바깥 세상을 그저 동경만 하던 소녀였다. 들판으로 나가고, 강을 내려가고, 자신의 힘으로 위기를 헤쳐 나가는 가운데 자신의 생활 방식을 확실히 몸에 익혔다. 그런 아가씨로 성장했다. 이제 팟이나 호밀리의 생활을 비판할 수 있는 소인이 되었다. 여기에는 하나의 세대론이 있다. 세대 간의 대비가 있다. 그것은 분명하다. 그렇다고 세대의 대비를 그린 이야기는 아니다. 무엇보다 이 이야기의 매력은 새로운 릴리퍼트(걸리버 여행기에 나오는 상상의 소인국)적 발상이다.

『걸리버 여행기』와 차이점

릴리퍼트는 조나단 스위프트(Jonathan Swift)가 『걸리버 여행기 _Gulliver's Travels』(1726)의 첫 번째 이야기에서 그린 소인이다. 이 소인이 얼마나 경멸적으로 그려져 있는지 확인하기 위해 한 가지 예를 들어 보자.

릴리퍼트 나라는 블레푸스쿠 섬과 적대 관계에 있다. 이 적대 관계의 원인은 달걀을 먹는 방법이다. 릴리퍼트 나라에서는 원래 달걀을 먹을 때 넓은 쪽 끝을 깨어 먹는다. 원시 이래로 그런 습관을 갖고 있었다. 그런데 릴리퍼트 황제의 할아버지가 아직 어렸을 때 그렇게 먹다가 새끼손가락을 다쳤다. 그 뒤로 릴리퍼트 나라에서는 달걀을 먹을 때는 갸름한 쪽 끝을 깨어 먹으라는 칙령이 내려졌다. 백성들 중에는 이 명령을 따르지 않고 반란을 일으키는 자까지 나왔다. 블레푸스쿠 섬의 선동으로 여섯 차례나 내란이 일어나고, 마침내 두 나라에 전쟁이 벌어졌다.

스위프트는 걸리버의 입을 빌려 이런 식으로 소인을 묘사한다. 이처럼 릴리퍼트를 비꼬고 깔보는 부분은 수없이 많다. 얀 코트는 『고전작가의 학교』(1949)에서 스위프트를 언급하며 '릴리퍼트의 왜소성은 인간 자체의 왜소성'이라고 했다.

노튼의 '빌리는' 소인에게서는 이런 조소의 대상이라는 성격을 찾아
볼 수 없다. 만약 소인들이 왜소화된 인간을 표현한 것이라면 그들을
비웃는 걸리버는 누구인가. 작가 메리 노튼이 아닌 것은 분명하다. 만
약 노튼이 스위프트처럼 높은 곳에서 내려다보며 다른 인간들의 어리
석음을 비웃을 생각이었다면 이렇게 진지하게 살아가려는 소인을 그리
지 않았을 것이다. 그러나 독자들은 어떤가. 어린이 독자들이 걸리버가
아니라고는 단언할 수 없다. 이 이야기에서 독자는 걸리버와 같은 위치
에서 소인들을 내려다볼 수 있다. 빌려 사는 소인들은 보통 인간이라면
손쉽게 할 수 있는 일도 필사적으로 노력해야 한다. 커튼을 기어오르는
일은 히말라야 등반과도 같고, 들판을 가로지르는 일은 마르코 폴로의
원정과 비슷하다. 이 모습을 보고 독자가 걸리버처럼 우월감을 품을 수
도 있다. 어린이는 인형이나 장난감 병정 앞에서 전능한 지배자의 만족
감을 느낀다. 그것과 비슷하다.

그러나 과연 어린이와 장난감의 관계가 지배자와 피지배자의 관계로
만 일관할까? 만약 그뿐이라면 장난감이 그토록 아이들을 사로잡을 수
있을까? 아이들이 인형에게서 기쁨을 느끼는 까닭은 걸리버적 '멸시'
때문이 아니라 장난감과 자신이 동일화될 수 있기 때문이다. 장난감 인
형과 함께 별세계를 만들고 자신도 그곳에 갈 수 있기 때문이다. 이것
은 걸리버처럼 외부에서 릴리퍼트를 바라보는 '관찰자'의 입장이 아니
다. 거기에 참가하고 동화되는 입장이다. 리틀 포덤을 만든 포트 씨나
빌리는 소인의 운명에 울고 웃는 케이트도 모두 이 동화의 기쁨을 표현

하고 있다. 이 이야기에서 걸리버 같은 입장에 서 있는 사람은 소인으로 돈벌이를 하려는 플래터 씨나 소인을 쫓아다니는 마일드아이 같은 두세 명의 어른뿐이다.

릴리퍼트에 대한 노튼의 발상이 새로운 이유는 이러한 걸리버적 시각을 부정했기 때문이다. '관찰자'로서 소인의 진귀함을 '내려다보는' 것이 아니라 소인 입장에서 인간을 돌아보기 때문이다. 인간을 왜소하게 여기는 인간이야말로 왜소하며, '빌리는' 소인들을 통해 그런 인간의 우쭐한 태도를 믿을 수 없을 만큼 어리석은 존재로서 거꾸로 비춘다. 팟은 인간에 대한 불신감을 거듭 나타낸다. 인간은 언제 무슨 짓을 저지를지 모른다. 이것은 소인의 관점에서 본다면 독자도 어느 정도 납득할 수 있을 것이다. 소인이라고는 하지만 팟, 호밀리, 아리에티는 인간이다. 그런데 단순히 보통 인간보다 작다는 이유만으로 연기를 피우고 쫓아내고 구경거리로 만들려고 한다.

그런데 왜 소인은 이렇게 어리석은 인간에게 기생하는가. 왜 빌려 사는 생활을 계속하는가. 노튼은 이 점을 설명하지 않는다. 설명 대신 그런 생활 방식이 '빌리는' 소인의 특징이라며 지나쳐 버린다.

'빌리는' 생활의 의미

『모닥불과 마법의 빗자루』의 마지막 부분에서 프라이스 씨는 17세기로 사라졌다. 그리고 나는 '여기에 담겨 있는 것은 반문명의 사상일까'라고 했다. 빌리는 소인의 설정을 보면 노튼은 무의식 중에 그러한 문명과 인간의 문제를 말하고 있다고 생각된다. 인간이라는 신뢰할 수 없는 존재로부터 생활 필수품을 빌려 사는 소인. 이 관계에는 다음과 같은 사고 방식이 숨어 있지 않을까?

간섭받지 않고 조용히 살고 싶어하는 소인들은 인간다운 인간의 모습을 표현하는 존재이다. 그러나 인간은 인류의 동향이나 시대 조건을 떠나서 살 수 없다. 그것을 거부하든 비판하든, 그것과 관계를 끊을 수는 없는 것이다. 어떤 의미에서는 문명의 해악을 지적하는 인간도 그 문명의 은혜를 입고, 문명 사회에 의존하고 있다. 그것과 관계를 끊는 것은 죽음을 의미한다. 핵무기, 공해, 국가 의식, 계급 격차……. 세계는 온갖 모순을 내포한 채 성립되어 있다. 거기에서 발생하는 것은 인간 존중과 반대되는 인간 멸시이며 인명 경시이며 인간다운 삶의 부정이다. 인생은 이처럼 부정해야 마땅한 모순으로 가득하지만 그것이 현실의 인간 세계이다. 거기에 의존하고 거기에 기생하지 않는다면 인간은 인간으로서 생명을 유지할 수 없다. 거기에서 빌려 사는 수밖에 없다. 빌려 사는 생활 방식은 인간이 문명을 거부하면서도 그 문명과 관계를 끊을 수 없는 생활 방식이다. 물론 노튼은 이렇게 분명히 말하고 있지는 않다. 그러나 결과적으로 인간과 소인의 관계 양식을 통해 그 점을 드러낸다. 현대 사회가 인간다운 생활 방식을 잃어 가고 있음을 마루 밑에서 쫓겨난 소인의 입장을 통해 암시했다고 받아들일 수도 있다.

또 이것은 비인간화되어 가는 사회에서 탈출을 꾀하는 탈출의 사상이라고도 할 수 있다. 마녀가 되려고 했던 프라이스 씨가 현재에서 과거로 사라졌듯이, 빌려 사는 가족도 집을 버리고 들판을 가로지르고 강을 내려가며 급기야 리틀 포덤에서도 떠난다. 그렇다면 이것을 반문명의 발상이라고 할 수도 있다. 비인간화되어 가는 현대에 등을 돌리는 사고 방식이라고 할 수도 있다. 그러나 노튼은 도망만을 유일한 자세라고 단정하지 않는다. 아리에티와 스피라라는 인물을 창조한 것이 그 증거이다. 이 두 소인은 젊기 때문이기도 하지만, 부모가 거부한 세계와 감히 관계를 맺으려고 한다. 탈출의 세대에 반대하고 반탈출의 세대가 된다. 문명을 구성하고 있는 인간과 만날 수 있는 접점을 찾아, 메이 아주머니의 동생이나 톰 굿이너프나 멘티스 씨와 관계를 맺는다. 노튼은 이 두 사람의 빌리는 소인을 등장시킴으로써 반문명 이야기에 하나의 창구를 열었다고 볼 수도 있다. 인간 일반은 신뢰할 수 없는 존재지만 인간이 인간다움을 회복하기 위해서는 우선 개인과 개인의 연결이 중요하다. 이것이 책 속에서는 소인과 톰, 소인과 멘티스 씨의 관계가 확립되는 것으로 표현되어 있다.

그러나 어린이 독자들은 거기까지 읽어 낼 수 없을 것이다. 작자의 목적이 설사 그렇더라도 아이들은 다른 방식으로 파악할 것이다. 그렇다면 어른과 빌려 사는 소인의 관계를 어린이들은 어떻게 받아들일까.

어린이는 걸리버적인 입장에서만 장난감을 가지고 놀지 않는다. 그것은 앞에서도 이야기했다. 장난감과 동화되어 별세계를 만들고 거기에 몰입한다. 빌리는 소인 이야기의 경우도 마찬가지로, 어린이는 소인에 동화된다. 그런데 이 점은 좀더 깊이 생각해 볼 필요가 있을 듯하다. 왜냐하면 어린이 역시 어른 세계에서 빌려 사는 존재이기 때문이다. 어린이는 경제적으로도 정신적으로도 자립할 수 없다. 갖가지 편의를 제공하고 갖가지 규제를 하는 어른의 지배하에 놓여 있다. 그럼에도 어린이는 어린이의 독자적인 생활을 갖고 있다. 놀이도 그 가운데 하나이다. 그것을 유지하기 위해 어린이는 용돈을 받고, 놀이 시간을 확보하기 위해 어른의 노동에 의존해야 한다. 곧 본질적으로 빌려 사는 것이다. 이러한 어른과의 관계 양식이 어린이를 걸리버가 아니라 아리에티와 같은 소인의 입장에 다가가게 한다. 어린이는 자신의 입장에서 소인 이야기가 쓰였다는 사실을 감지한다. 그래서 어린이들은 이 이야기를 재미있어 한다.

어린이는 걸리버로서가 아니라 아리에티로서 이 이야기를 즐긴다. 물론 걸리버 이야기 자체가 나름대로 어린이를 즐겁게 하는 것은 분명하다. 다만, 앞에서 설명한 걸리버적 시점에서 즐기는 것은 아닌 듯하다. 스위프트의 입장이 그렇듯이, 걸리버의 입장은 자신이 발견한 소인이 세계(스위프트의 입장에서 보면 자신이 관찰한 인간 세계)를 경멸하는 것에 지나지 않는다. 그 놀라움은 미지의 세계를 발견했을 때의 놀라움이 아니라, 이미 알고 있는 세계를 돌아보았을 때의 놀라움이다. 여기서 놀라움이란 어이없는 황당함이다. 하지만 걸리버 이야기를 즐기는 어린이들은 스위프트의 이런 비아냥에는 관심도 없다. 어린이들은 소인들의 모험에서 미지의 세계를 발견한다. 그리고 그것을 내려다보며 경멸하고 비웃는 대신 그 신비함에 감탄한다.

원래 성인용으로 쓰였던 다니엘 디포(Daniel Defoe)의 『로빈슨 크루소_Robinson Crusoe』(1719)가 어린이 책이 되었다는 것, 곧 어린이의 애독서로서 계승된 것도 무엇이든 이용한다는, 말하자면 빌려 살기의 발상, 다시 말해서 '도구화'에 대한 감탄 때문이다. 고립 무원의 무인도에서 한 인간이 어떻게 살아갈 것인가 하는 방법의 발견에 대한 기대감 때문이다. 로빈슨은 자연을 도구로 변모시킨다. 흙으로 토기를 만들고 나무로 통나무배를 만든다. 이 도구화의 발상이 빌려 사는 소인에게도 있다. 소인들은 핀이나 낡은 장화를 인간이 사용할 때와는 전혀 다른, 자신들을 위한 생활 필수품으로 '가공'한다. 이 생존 방법의 발견에 대한 기대. 그것을 알았을 때의 놀라움. 이것은 어린이들이 걸리버 이야기로 맛보는 즐거움과 공통된다. 이 점을 간과해서는 안 될 것이다.

노튼이 펼쳐 보인 '신비한 세계'는 비록 소인을 빌어 표현하기는 했지만, 그것은 '통로' 없이도 도달할 수 있는 인간 속의 인간 세계였다. 언뜻 보기에 그것은 인간과 공존하는 다른 생물의 세계로 보인다. 그러나 독자는 이 소인들을 결코 이질적인 차원의 이질적인 존재로 보지 않을 것이다. 소인 이야기라고 생각하면서도 거기에서 자신의 모습이나 어른의 모습을 발견한다. 이 신비함은 마법과 결별한 곳에서 성립하고 있다. '신비한 세계'는 반드시 하늘을 날고 시공간을 초월한 곳에만 존재하지 않는다. 바로 자기 옆에 있는 인간 속에도 존재한다.

일본에서 태어난 소인들

—사토 사토루와 이누이 도미코의 '소인 이야기'를 중심으로

일본 공상 이야기의 성립 전사(前史)

노튼이 『강으로 간 바로우어즈』를 출판한 1959년에, 사토 사토루(佐藤 さとる)의 『아무도 모르는 작은 나라_だれも知らない小さな國』와 이누 이 도미코(いぬい とみこ)의 『나무 그늘 집의 소인들_木かげの家の小人 たち』이 출판되었다. 일본의 어린이문학은 이때서야 비로소 어린이들 을 위한 본격적인 공상 이야기를 갖게 되었다. 그런 의미에서 이 작품 들은 기념비적인 작품이라고 할 수 있다.

과거에는 예를 들어 미야자와 겐지의 동화가 있었고, 니이미 난키치 (新美南吉)의 작품이 있었다. 그러나 일본 어린이문학에는 이들 작품 속 의 공상성을 방법으로 확인하고 그것을 출발점으로 삼는 문학 운동이 일어나지 않았다. 두 사람의 작품을 이어받고 그것을 발전시키는 형태 로 공상 이야기를 꽃피우지 않았다. 미야자와 겐지나 니이미 난키치는 일본 어린이문학의 흐름에서 벗어나 있었다(니이미 난키치는 전쟁 시대에

작품집 『소를 매어 놓은 동백나무_牛をつないだ椿の木』(1943)와 『꽃처마 마을과 도둑들_花のき村と盗人たち』(1943), 『꽃을 묻다_花を埋める』를 출판했다. 미야자와 겐지처럼 사후에 평가를 받아, 현재 두 종류의 전집이 나와 있다. 니이미 난키치를 미야자와 겐지와 동질의 어린이문학가로 보는 데 이론이 있을 수도 있다. 나 역시 『니이미 난키치에 관한 비망록_新美南吉に關する覺書』(1966)에서 그 공과를 논했다. 여기서는 비교적 뛰어난 작품이 많은데도 그것을 쓴 시점에서 평가받지 못한 작가로서 예로 든 것이다).

이것은 두 사람이 사후에 자신들의 작품을 높이 평가받은 점과는 무관하다. 문제는 그들의 작품이 높은 평가를 받음으로써 당연히 변화가 있었어야 할 일본 어린이문학사이다. 왜 이들의 자유 분방한 공상의 전개가 일본 어린이 책의 경우에는 일어나지 않았는가. 왜 흔히 주류라고 여겨지는 흐름 밖에서만 생겨났는가. 이런 점들을 생각함으로써 일본 어린이문학을 재고해 볼 필요가 있다. 그러나 일본 어린이문학사 대부분은 두 사람의 발상법이나 내용을 계승·발전시키는 형태로 기술된 적이 없었다. 과거 어린이 책 작가의 역사 속에 새로운 기재 사항으로서 두 사람의 이름과 그 작품들을 덧붙이는 것으로 끝났다. 누가, 언제, 어떤 어린이 책을 썼는가 하는 것만으로 어린이문학의 역사가 이루어진다. 누가 어떤 형태로 어떤 세계를 만들었고, 그것이 어떤 작가의 어떤 작품으로 이어졌는가 하는 형태의 어린이문학사는 구상되어 있지 않다.

미야자와 겐지의 『주문 많은 음식점_注文の多い料理店』은 1924년에 자비 출판되었다. 니이미 난키치의 유고집이라고 할 수 있는 『꽃처마 마을과 도둑들』이 출판된 것은 1943년이다. 둘 중 어느 것을 축으로 놓

아도 그 뒤로 꽤 오랫동안 불모의 시대가 이어진 셈이다. 중일 전쟁 또는 태평양 전쟁이라는 긴 암흑기에는 표현의 자유가 억압되어 있었다. 이것이 하나의 이유는 될 수 있다. 그렇다면 전쟁이 끝난 1945년 여름부터 『아무도 모르는 작은 나라』와 『나무 그늘 집의 소인들』이 출판될 때까지, 미야자와 겐지나 니이미 난키치에 버금가는 독자적인 작품이 탄생하지 않은 이유는 무엇인가.

　거기에는 갖가지 이유를 들 수 있다. 가장 큰 이유 가운데 하나는 단편 동화라는 형태로 배양된 어린이문학의 오랜 역사이다. 그 틀만으로 어린이문학을 생각하는 편협한 발상이다. 오가와 미메이는 일본 동화의 신으로 평가되고 일본의 안데르센으로 알려져 왔다. 그러나 미메이가 일관되게 그린 것은 현실의 어린이가 아니며 현실의 어린이가 겪는 문제도 아니었다. 시종일관 자기 내부의 미의식(자신이 '미'라고 생각하는 것이 인간 본성의 바탕에 있는 진실이나 선과 결부되어 있다는 관념)에 갖가지 수사(修辭)를 덧붙여 형태를 부여해 왔을 뿐이다. 미메이는 앞에서 말한 『빨간새』의 유력한 작가 가운데 한 사람이었다. 오가와 미메이로 대표되는 동심주의는 패전 후인 1959년, 후루타 다루히(吉田足日)의 『현대 어린이문학론_現代兒童文學論』이 등장할 때까지 거의 아무런 비판을 받지 않았다. 자세한 검토는 졸고 「전시하의 어린이문학, 또는 그것을 구명하기 위한 비망록_戰時下の兒童文學, あるいは, それを問い直すための覺書」(『일본어린이문학_日本兒童文學』 1971년 12월호)을 참고하기 바란다.

　어른의 내면에 있는 관념의 형상화. 그것이 그대로 단편 동화를 낳고, 그것이야말로 어린이문학이라는 발상. 이 발상의 시비를 가리지 않은 채 일본은 '전후 민주주의' 시대를 맞는다. 그것이 일본 '전후' 어린이문학의 불모에 한층 박차를 가했다. 미메이적 발상의 전통과 새로운 시대 이념을 융합하기 위해 대부분의 일본 어린이문학이 한 일은 '민주주의'의 유포였다. 미메이의 '미의식' 대신에 '민주주의'라는 관념이 대두되고, 그 형상화가 시작된다.

'미'나 '민주주의'는 추상화된 관념이다. 그것은 원래 인간보다 선행하는 절대적인 가치일 수 없다. 인간이 역사 속에서, 생활 속에서, 자신과 관계 속에서 확인한 것이다. 그것들은 인간 없이는 존재할 수 없다. 그것이 어떻게 자신과 관계를 맺고, 어린이와 관계를 맺는가. 만약 '민주주의'를 그린다면, 주의를 해설할 것이 아니라 그것을 가치있는 것으로 만든 인간의 갈등을 그려야 할 것이다. 일본 어린이문학의 경우, 이것이 심하게 결여되어 있다.

제프리 트리즈(Geoffrey Trease)의 『검은 깃발 아래서_Under Black Banner』(1951)에는 킹스포드라는 교장 선생이 나온다. 이 교장은 트리즈의 전작인 『이 호수에 보트 금지_No Boats on Bannermere』(1949)에도 등장한다. 제2차 세계 대전 중, 영국 육군이 전투 훈련지로 개인에게서 접수한 토지가 있다. 전쟁이 끝나도 정부는 그 접수지를 내놓지 않는다. 두 소년과 두 소녀가 이 접수 해제를 요구하는 시민 운동에 도화선을 당긴다. 그때 킹스포드 교장이 말한다.

"정부는 우리의 심부름꾼으로서 존재하지, 그 반대가 아니다. 공무원은 우리를 위해 일하는 사람이다. 아니, 그렇게 되어야 한다. 너희 세대가 만약 그것을 배우지 않으면 너희들이 어른이 되었을 무렵이면 이 나라는 노예의 나라가 될 것이다. 모든 노예는 투표권을 가지고 있다. 그러나 그 투표권에는 이미 한 푼의 가치도 없을 것이다!"

킹스포드 교장의 숙모는 여성 참정권 운동에 참가했다가 석 달이나 감옥에 갇혔던 사람이다. 킹스포드 교장도 그 피를 이어받았다. 흥분하면 역사 수업은 뒷전으로 미루고, 자신의 신념을 피력한다.

"그렇다, 독재자라면 서명 하나로 문제를 처리해 버릴 것이다. 민주주의는 시간이 걸리는 법이다. 화가 날 만큼 시간이 걸린다. 하지만 멜버리, 생각해 보게. 독재자가 항상 우리에게 이익이 되는 결정을 내려 주겠는가?"

멜버리는 이 이야기의 주인공 소년이다. 킹스포드 교장은 접수 해제 운동이 잘 진척되지 않아 안달하는 주인공에게 이렇게 이야기한다.
이 교장의 말만 부각시킨다면 이 작품 역시 '민주주의'의 이념을 주장한다고 생각할 수 있다. 사실, 작가 트리즈는 교장의 연설 장면을 곳곳에 마련한다. 그러나 이 『검은 깃발 아래서』와 『이 호수에 보트 금지』에 나오는 교장은 결코 연설만 퍼붓는 인간이 아니다. 오히려 지극히 완고하면서도 매력적인 인물로 활약한다. 아니, 트리즈 작품들의 매력은 오히려 빌(멜버리)과 여동생 수잔, 탐정을 꿈꾸는 팀, 그리고 다리가 불편한 페니의 생동감 있는 모습에 있다. 갖가지 사건과 갈등 속에서 이 네 어린이가 조금씩 성장해 가는 모습이 그려진다. 이것은 그야말로 한 편의 '재미있는 책'이지만, 그 '재미'는 이면에 숨어 있는 '민주주의'의 이념 때문이 아니다. 결과적으로 그것을 깨닫는다 해도 그것을 느끼는 것은 이 네 소년 소녀가 있는 힘껏 살아가는 모습을 통해서이다.

이러한 인간의 갈등을 그리는 것이야말로 작품 속에서 관념을 살리는 일이며, 인간에게 아름다운 것, 옳은 것이 무엇인가를 제시하는 일이다. 그러나 일본의 '민주적' 어린이문학은 이런 작품을 갖고 있지 않다. 그런 발상을 전개하지 않았다. 거기에 불모의 원인이 있다. 전후 일본 어린이문학은 이념 또는 관념을 전달할 뿐이었다. 그에 비해 사토 사토루나 이누이 도미코는 이러한 정형을 깨뜨린 지점에서 작품을 쓰고 있다. 그런 의미에서 기념비적이라 할 수 있다. 이 시기에 일본 어린이문학은 하나의 전환점을 맞은 것이다.

『아무도 모르는 작은 나라』의 소인과 인간

사토 사토루의 『아무도 모르는 작은 나라』는 초등학교 3학년인 '나'가 이상한 것을 발견하는 것에서 시작된다. 좀더 정확하게 말하면 그로부터 24년 뒤, 옛날 일을 떠올리는 것에서 시작된다.

3학년이었던 '나'는 귀문산에서 나뭇잎 그늘에서 그늘로, 바람처럼 재빠르게 달리는 작은 것을 발견한다. 토마토 장수 할머니는 '꼬마 도사'라는 것이 있다고 말한다. 단지 그것뿐일까. '나'는 그 '꼬마 도사'를 찾으려고 애쓴다. 그러나 두 번 다시 만날 수 없다.

그 사이 '나'의 집은 귀문산에서 멀리 떨어진 곳으로 이사한다. 작은 생물은 기억 속에 묻힌다. '나'는 중학교에 진학하고 일본은 전쟁을 시작한다. 아버지는 남쪽 바다에서 전사하고 마을은 공습으로 불탄다.

그리고 전쟁이 끝났다. 무더운 한여름의 일이었다. 나는 불타 버린 시가지에 서서 문득 두꺼운 구름이 개는 듯, 쨍하니 작은 산을 떠올렸다. 그리운 작은 산. 그러고 나서는 결국 한 번도 가 보지 않았던 작은 산. 지금도 옛날 모습으로 남아 있을까.

'나'는 오랜만에 귀문산에 가 보기로 한다. 거기서 20년 전에 본 그 작은 생물과 만난다. 그것이 코로보쿠루라는 소인이다.

'나'는 코로보쿠루와 친구가 되고 싶어한다. 그리고 귀문산을 살 계획을 세운다. 산의 주인을 찾아가고, 그 아저씨의 친절 덕분에 그 산에 집을 짓는다. 그 사이 야간 전문학교를 졸업하고 산 근처에 직장도 구한다. 이윽고 인간을 극도로 경계하는 코로보쿠루들과 교류하기 시작한다. 코로보쿠루들은 '작은 산의 땅 밑에서 살고 있다. 한군데 모여 있지는 않고, 여기저기 아파트 같은 마을에 흩어져 살고 있으며, 마을과 마을은 근사한 길로 이어져 있다. 그 길에는 썩은 나무가 가로등처럼 놓여 있다. 썩은 나무에서는 푸른 인광이 나와 하얀 모래가 깔린 굴을 밝혀 준다.'

코로보쿠루가 '나'의 앞에 모습을 드러낸 이유는 인간들 중에서 자기

네 아군을 만들기 위해서다. 코로보쿠루들의 아군은 '꼬마 도사가 살아 있다는 것을 순수하게 믿어 주'는 사람이어야 한다. 그 점에서 '나'는 전쟁으로 중단되었다고는 하지만 20여 년 전부터 줄곧 코로보쿠루를 생각하고 있었고 그 존재를 믿어 의심치 않았다. 아군의 자격은 충분하다. '나'는 키다리 씨라고 불리게 되었다. 코로보쿠루의 상담역이 되어 '화살표 끝의 작은 나라'의 건설 계획을 세운다. 그리고 코로보쿠루 감탕나무 처사, 호랑가시나무 처사, 동백나무 처사, 팽나무 처사들을 도와, 그 무렵 있었던 귀문산의 자동차 전용 도로 부설 계획을 기발한 작전으로 저지한다.

이 저지 운동에는 코로보쿠루를 믿는 또 한 사람이 가담한다. '작다리 선생님'이라는 유치원 선생이다. 뜻밖의 사건으로 '나'는 귀문산에서 살 수 있게 된다. 그리고 코로보쿠루의 세계를 지킬 수 있게 된다. '나'는 마음을 놓고 '작다리 선생'을 "저 사람도 좋은 사람이고……." 하고 중얼거린다.

이 이야기는 메리 노튼과 달리 인간의 입장에서 소인의 세계를 꼼꼼히 묘사한다. 우선 인간 생활이 그려진다. 소인의 존재는 아직 확실하지 않다. 존재할 수도 있고 착각일 수도 있다. 그런 것이 존재할 리가 없다. 한때는 그렇게 생각한다. 그러나 어쩌면, 이라는 기대도 버리지 못한다. 주인공 '나'만 그렇게 생각하는 게 아니라 독자도 그렇게 생각한다. 이 긴 망설임의 시간이 생생하게 그려진다. 주인공의 불안과 기대는 독자의 불안과 기대와 겹쳐진다.

그렇기 때문에 코로보쿠루와 재회했을 때 독자는 '나' 이상으로 감동한다. 오랫동안 찾아 헤매던 것과 마침내 만났다는 감동. 이것은 단순히 소인을 찾아 냈다는 일시적 흥분과는 다르다. 긴 항해 끝에 신세계를 발견한 감동과 비슷하다. 존재하느냐 존재하지 않느냐, 의심과 기대가 반반인 '신비한 세계'. 그것을 발견한 기쁨이다.

이 감동이 그대로 코로보쿠루의 세계를 받아들이게 한다. 그것이 기상천외하지도, 황당무계하지도 않은 하나의 현실이라고 납득한다. 독자는 코로보쿠루의 나라가 가공의 세계라는 사실을 잊는다. 그것은 독자 바로 옆에 존재하는 세계이다. 여기에는 그렇게 생각할 만한 현실감이 있다.

소인에 관한 통념은 사라진 지 오래다. 그것은 진기한 구경거리 같은 존재도, 마법이나 주술과 관련된 과거의 유산도 아니다. 이 작품 속에는 일본적인, 그러면서도 유럽의 소인과 겨뤄도 손색없을 만큼 독자적인 소인이 있다. 긴 역사를 가진 일본의 어린이 이야기가 일찍이 배양하지 못한 것, 탄생시킬 수 없었던 것이 여기에 있다.

이것이 『아무도 모르는 작은 나라』의 첫 번째 공적이다.

내가 이 이야기에서 쓰고 싶었던 것은 코로보쿠루에 대한 소개만이 아닙니다. 나는 사람들이 저마다 마음속에 갖고 있는 작은 세계의 이야기를 하고 싶었습니다. 사람은 누구나 마음속에 자신만의 세계를 갖고 있습니다. 그 세계는 타인이 밖에서 들여다보는 정도로는 알 수 없습니다. 그 세계는 그 사람만의 것입니다. 그런 자신만의 세계를 올바르게, 밝게, 끈기 있게 키워 나가는 일이 소중하다는 것을 말하고 싶었습니다.

사토 사토루는 이 이야기의 '지은이의 말'에 이렇게 적었다. 이 말에 따르면 코로보쿠루는 인간의 내재적 가치를 표현하고 있는 셈이다. 그 말에 이론은 없다. 20년 간 전쟁 시대를 헤쳐 나가며 한 가지를 끝까지 믿었다. 그것은 주인공 '나'의 표현을 통해 충분히 이해할 수 있다. 그러나 코로보쿠루를 빌어 표현된 인간의 내재적 가치는 단지 인간에게는 믿어야 할 가치가 있다는 것만을 나타내고 있을까.

앞에서 말했듯이 일본의 어린이문학은 패전을 계기로 '민주주의'의 포교로 기울었다. 그것은 '민주주의'와 자신의 관계를 철저히 규명하지 않았다는 말이다. 또 주어진 하나의 관념을 통째로 받아들였다는 말이기도 하다. 통째로 받아들인다는 것은 그것을 부동의 절대적 가치로 보는 발상과 관계가 있다. 여기에서는 그것을 믿느냐 믿지 않느냐 하는 양자 택일의 관계밖에 생겨날 수 없다. 일본의 어린이문학은 그것을 믿어야 할 것으로 선택했다. 이 선택은 옳았다. 나는 그렇게 생각한다. 그러나 선택이 옳았다고 해서 그 선택 '방법'의 오류까지 묵인할 수는 없다.

트리즈의 『검은 깃발 아래서』의 킹스포드 교장의 말을 한 번 더 인용하자.

"자유의 대가는 끊임없는 경계이다. 현대 영국에서도 2천 년 전과 다름없이 간단히 노예가 될 수 있다. 우쭐대는 공무원의 노예가 되고, 관청의 형식주의와 규제의 노예가 되고, 온갖 돌머리들의 노예가 된다!"

킹스포드 교장이 말하는 것은 '민주주의'의 형식화이며 형식화에 대한 경고이다. '민주주의'는 부단히 감시하고 지키기 위해 노력하고 키워 나가야만 유지될 수 있는 사회 체제이다. 그것은 이른바 동적(動的)이며 상대적인 가치이다. 그런 형태로 가치가 확립된 사회 체제이며 인간 생활의 틀이다.

그러나 일본의 어린이문학은 이렇게 받아들이지 않았다. 세상의 풍조에 따라 '민주주의'를 절대시해야 할 어떤 가치로 받아들였다. 이 터무니없는 선택 방법이 재고되지 않은 채 『아무도 모르는 작은 나라』까지 이어졌다.

'나'가 20년 동안이나 코로보쿠루를 찾아 헤맨 것, 코로보쿠루를 만나 그들의 나라 만들기에 협력하는 것. 이것은 그대로 '민주주의'란 부단히 자기와의 관계 속에서 추구하는 것이며 이를 유지하기 위해서는 항상 노력해야 한다는 점과 중첩된다. 이것은 단순히 '민주주의'에 국한되지 않는다. 그것을 포함한 '전후(戰後) 이념' 전체의 수용과 관련이 있다. 인간의 가치는 모두 이러한 지속적인 규명에 의해 확보된다. 이처럼 자명한 이치가 자명하지 않았다는 것, 그것이 '전후' 어린이문학이 불모지가 된 근원이다. 이런 점을 생각할 때 『아무도 모르는 작은 나라』에 나타난 내재적 가치의 문제는 사토 사토루 개인의 문제를 넘어 일본 어린이문학의 '전후' 사상사를 부정하는 것과 닿아 있다. 이것이 『아무도 모르는 작은 나라』의 두 번째 공적이다.

『나무 그늘 집의 소인들』을 지탱했던 것

이누이 도미코는 같은 문제를 『나무 그늘 집의 소인들』에서 그린다.

여기서 인간의 부단한 노력으로 지켜지는 것은 영국에서 온 소인인 발보와 그의 아내 팬, 그들의 아이 아이리스와 로빈이다. 1913년, 일본에서 영국으로 돌아가던 미스 맥러클랜은 이 소인 가족을 모리야마 씨 댁에 맡긴다. 미스 맥러클랜은 모리야마 씨의 아들 다쓰오의 영어 선생이었다.

바구니에 담겨 모리야마 씨 집으로 이주한 발보 가족은 책장 뒤에 보금자리를 꾸민다. 소인들은 모리야마 네 가족에게서 날마다 우유 한 컵씩을 얻어, 그것으로 생활을 유지한다. 다쓰오가 우유를 갖다 주다가 나중에는 유카리가 그 일을 한다. 유카리가 병으로 죽자, 사촌 도우코가 우유를 갖다 준다. 2천 7백 7십 7번째로 우유를 날랐을 때, 도우코는 다쓰오와 결혼한다. 이윽고 두 사람은 우유 갖다 주는 일을 자신들의 아이들인 데쓰와 유리에게 물려준다. 그러나 또 한 사내아이인 노부는 소인들을 차가운 눈으로 바라본다. 시대가 변하여 군국주의가 대두한다. 노부는 애국 소년이 되어 영국의 소인을 경멸한다. 시대의 불온한 공기는 자유주의자인 다쓰오의 체포로 이어진다. 전쟁이 시작되고 식량난이 점점 심각해진다. 소인들에게 줄 우유도 부족해지고, 유리는 마침내 소인들과 함께 신슈로 피난을 간다. 유리는 피난처에서도 힘겨운 생활을 한다. 자기가 먹을 식량도 부족한데 무슨 수로 소인들한테 우유를 준단 말인가. 유리는 병에 걸려 자리에 눕는다. 그 사이에 발보 가족은 유리 곁을 떠나 모습을 감춘다. 우연히 피난처에서 만났던 '아마네

쟈키'⁹⁾의 집에서 함께 지내게 되었던 것이다. 로빈은 남몰래 유리한테 편지를 띄워 자기들이 무사하다는 것을 알린다.

이윽고 전쟁이 끝난다. 발보와 팬은 유리의 품으로 돌아온다. 그러나 로빈과 아이리스는 돌아오지 않는다. 젊은 두 소인은 아마네쟈키와 함께 살기로 결심했던 것이다.

이것은 소인을 보호하는 모리야마 가족의 입장에서 본 줄거리이다. 이야기는 이와 달리 소인의 생활을 따라간다. 여기서 인간의 입장에서 본 줄거리를 소개한 이유는 여기에도 『아무도 모르는 작은 나라』와 같은 문제가 그려져 있다는 말을 하고 싶기 때문이다.

『아무도 모르는 작은 나라』의 경우도 코로보쿠루는 '신비한 나라'를 표현함과 동시에 인간이 유지해야 할 가치를 나타내고 있다. 코로보쿠루는 그 상징으로서 작용한다. 『나무 그늘 집의 소인들』의 경우, 그런 이중의 의미를 갖는 것이 영국에서 온 소인 가족이다. 인간이 날마다 우유 한 컵을 주어야만 그들은 살아갈 수 있다. 여기에는 코로보쿠루의 경우와 마찬가지로, 인간의 가치는 부단한 노력으로 지키고 키워 나가야 한다는 생각이 깔려 있다. 주의든 이상이든, 고통이나 고난을 감수하면서 지켰을 때에만 가치가 있는 것이다. 작가는 이렇게 주장하고 있는 것이 아닐까?

이 작품에서 또 하나 주의해야 할 것은 상징으로서의 소인이 영국 소인이라는 점이다. 자유의 관념은 일본 고유의 것이라고 할 수 없다. 자유 사상은 유럽에서 성립되고 그 뿌리를 내렸다. 그것이 일본에 이입되어 일본인에 의해 일본 국민 속에 뿌리내렸다. 즉 원래는 외래 사상이 었다 해도 노력 여하에 따라 자신들의 사상이 될 수도 있다는 발상이 엿보인다. 이것을 '민주주의'로 바꿔 놓아 보면 잘 알 수 있다. 우리 일본 사람들은 '주어진 데모크라시'라는 말을 자주 한다. 주어진 것이기 때문에 일본에 뿌리내리지 못한다. 뿌리를 내리도록 노력해야 할 인간이 노력하지 않기 때문에 '주어진' 채로 끝난다. 이 작품은 그런 '전후'를 비판하는 일면이 있다.

가치의 계승이란 그것을 절대화하여 계승하는 것을 의미하지 않는다. 그 가치를 가치 있게 만드는 인간의 자세나 사고 방식을 계승하는 것을 의미한다. 『아무도 모르는 작은 나라』와 『나무 그늘 집의 소인들』은 그것을 표현함으로써 그 이전 어린이문학의 '계몽적' 정체성을 깨뜨렸다. 절대적 가치를 상정해 놓고 그 포교와 전도를 본류로 삼는 어린이문학을 뛰어넘었다.

이것은 어린이문학을 사상사로 파악할 때의 견해이다. 어린이문학도 시대의 산물인 이상 사상의 검토를 피할 수는 없다. 그렇다고 어린이책의 독자적인 기능을 망각해도 좋다는 말은 아니다. 코로보쿠루와 마찬가지로 발보 가족 역시 현실 속에 만들어진 '또 하나의 현실'이다. 우유 한 컵으로 치즈를 만들고 인간의 그림책으로 '글자 공부'를 하는 소인의 독자적인 세계가 그려진다. 꼬마 소인 로빈은 두루미와 친구가 되고 피난처에서는 '아마네쟈키'와 기묘한 인연을 맺는다. 모리야마 씨네 가족 생활 속에 또 다른 가족 생활이 있는 즐거움. 이것이 이 이야기의 매력이기도 하다. 만약 그것이 단순한 상징에 지나지 않는다면 새로운 공상 이야기라고는 할 수 없을 것이다. 메리 노튼에서 보았듯이 일본의 이 소인 이야기도 '신비한 세계'에 아무런 거부감 없이 들어갈 수 있다는 점에서는 뛰어난 어린이문학이라고 할 수 있다.

전쟁과 어린이문학

—나가사키 겐노스케 『멍청이의 별』의 경우

누구나 '신비한 나라'에 들어갈 수 있는 것은 아니다

"그럼, 우리 땐 거의 모두가 아침 식사로 프테로닥틸루스를 먹었다니까! 반은 악어 반은 새처럼 생긴 동물인데 구워 먹으면 아주 맛있어. 물론 모래 요정들은 그 수가 굉장히 많았어. 아침 일찍 요정들을 찾아 들판으로 나가는 애들도 있었고. 그래서 요정을 발견하면 요정이 소원을 들어주지."

그러나 지금은 모래 요정도 거의 사멸하고 아이들의 소원을 들어주는 일도 없다. 이 말은 앞에서 소개한 네스빗의 『다섯 아이들과 모래 요정』에 나오는 사미어드의 한탄이다. '우리 땐'이란 먼 옛날, 수천 년 전을 말한다. 수천 년 전 옛날이라는 말은 '옛날 이야기에서는'으로 바꿔 생각할 수 있다. 곧 일찍이 신비한 이야기 속에서는 신비한 나라의 주민과 인간 세계의 어린이들이 자유롭게 교류했지만 지금은 그렇지 않다는 말로 받아들일 수 있는 것이다.

네스빗은 19세기 말부터 20세기 초에 걸쳐 많은 어린이 책을 발표했다. 예를 들어 영화 〈어린 풀의 기도〉의 원작인 『기찻길 옆 아이들_The Railway Children』(1906) 이야기도 그렇다. 영국의 어린이문학은 거의 1900년대 초에 새로운 '공상'의 전개나 방법을 발견했는데도 일본은 약 반세기가 지난 뒤에야 어린이 책 세계의 독자성을 개척할 수 있었다.

물론 네스빗이 시대의 변화에 따른 이야기의 질적 변화를 얼마나 의식하고 있었는지는 의문이다. 그러나 네스빗이 만들어 낸, 달팽이 같은 눈을 가진 요정 사미어드가 한 말은 뜻밖에도 현대의 신비한 이야기와 그 이전의 신비한 이야기의 차이점을 잘 나타낸다. 지난날 '신비한 세계'는 인간 전체를 향해 열려 있었다. 적어도 그런 가능성 위에 성립되어 있었다. 그것이 모래 요정이 굉장히 많았다는 것과 모래 요정이 소원을 들어주었다는 말에 나타나 있는 것이다. 모래 요정을 '신비한 세계'라고 한다면 거기에 참가할 수 있는 어린이는 결코 특정의 한두 사람이 아니다. 어린이 전체이다. 어린이들은 '어린이'라는 사실만으로 '신비한 세계'에 들어갈 수 있는 자격이 있었다. 하지만 지금은 어떤가.

『한밤중 톰의 정원에서』에서 보았듯이 '신비한 세계'로 들어갈 수 있는 것은 어린이 전체가 아니다. 톰뿐이다. 특정 주인공뿐이다. '나니아 나라 이야기'에서는 단 여덟 명뿐이다. 메리 노튼의 '바로우어즈' 이야기에서도 소인과 교류할 수 있는 사람은 톰 굿이너프와 메이 아주머니의 동생과 리틀 포덤의 멘티스 씨 정도이다. 사토 사토루의 '코로보쿠

루' 이야기에서도 마찬가지다. 『아무도 모르는 작은 나라』는 『콩알만한 작은 개_豆つぶほどの小さないぬ』(1962), 『별에서 떨어진 작은 사람_星からおちた小さな人』(1965), 『신비한 눈을 가진 아이_ふしぎな目をした男の子』(1971)로 이어지지만, 여기서도 코로보쿠루의 '신비한 세계'와 관계를 맺을 수 있는 것은 몇몇 인간뿐이다. 곧 키다리 씨와 작다리 선생, 둘 사이에서 태어난 아이들, 그리고 코로보쿠루의 번개처럼 날쌘 움직임을 정확하게 볼 수 있는 다케루 정도이다. 『나무 그늘 집의 소인들』의 경우도 마찬가지로, 모리야마 씨 가족만이 발보 가족과 교류할 수 있다. 이것은 우연의 일치일까, 상호 공통된 의식이 있었기 때문일까.

해티의 세계, 나니아 나라, 빌리는 소인들, 코로보쿠루, 발보 가족. 이것을 인간 내재적 가치의 구상화 또는 하나의 상징이라고 본다면, 모든 인간이 이러한 가치와 관련을 맺고 있지는 않은 듯하다. 가치는 그것을 믿고 그것을 창출해 내려는 사람에게만 모습을 드러내며, 노력하는 사람에게서만 발생한다는 한정된 관계가 분명해진다. 이 점을 자각하고 있는 개개인에게만 그 가능성이 있다는 발상이다.

이것은 인간 불신일까, 아니면 다른 어떤 것일까. 인간 불신의 무의식적인 반영일 수도 있고 그렇지 않을 수도 있다. 그렇지 않다는 것은 적어도 몇몇 인간이나마 '신비한 세계'와 교류를 하고 그것을 유지하려고 노력한다는, 곧 인간 일반이 그것을 믿지는 않더라도 몇몇 개인은 그것을 믿으려고 한다는 점에서 인간 신뢰 회복의 길은 남아 있다는 것이다. 왜 인간 전체가 아니라 인간 개개인으로서밖에 '신비한 세계'와 교류할 수 없는가. 여기서 '신비한 세계'의 문제를 넘어 '일상 세계'의 문제가 첨예하게 대두된다.

전쟁—그 비인간성의 증언

일찍이 진이나 선이나 미와 같이 추출된 관념을 아무런 의문도 없이 믿었던 시대가 있었다. 그것은 보편적인 인간 공통의 가치였다. 인간은 그러한 가치를 선천적으로 부여받았다고 믿고 거기에 인간성이라는 이름을 붙였다. 인간은 인간성을 지니고 있기 때문에 아무 의문도 없이 공통의 세계를 갖고 공통의 생활 방식을 이룩할 수 있다고 믿고 있었다. 전쟁과 범죄는 끊임없이 되풀이되어 왔다. 그러나 그것이 인간 전체의 악행은 아니다. 특정 인간의 인간성이 흐려진 결과이다. 그런 인간을 벌하거나 죄를 뉘우치게 하거나 아무튼 어떤 방법으로든 일부 인간의 악을 배제하면 된다. 그러면 인간의 선한 본질은 그대로 지킬 수 있다. 이런 낙천주의가 있었다.

모든 사람이 이런 낙천적 사고 방식을 갖고 있지는 않았다. 개종해야 마땅한 이단의 무리들은 내면의 인간성에 인간 멸시의 어두운 감정이 깃들여 있다고 여겼다. 평범한 인간은 그런 생각을 하지 않았다. 잘못도, 거짓도, 자신이 범한 악행도, 본래의 자신에서 아주 약간 벗어난 결과일 뿐이다. 인간성 자체는 엄연히 자기 내부에 있고 그것이 있는 한 악을 딛고 다시 일어설 수 있으며 악은 일시적인 것에 지나지 않는다고, 별로 대수롭지 않게 여겼다. 그러나 인간이란 그렇게 불변·부동의 어떤 것을 지닌 존재일까. 보편적 공통성을 지닌 생물일까. 이 휴머니즘 만능 사상은 제2차 세계 대전의 결과, 뿌리째 흔들렸다.

이제 주변 일대는 고요가 지배하고, 그것을 흩뜨리는 것은 신음 소리뿐이었다. 블록 앞에서 친위대원이 명령을 내리고 있었다. 한 장교가 침대 앞을 지나갔다. 아버지가 애원하고 있었다.

"애야, 물…… 탈 듯이 뜨거워…… 뱃속이."

"입 닥쳐, 이 녀석!" 하고 장교가 호통쳤다.

"엘리제르. 물……." 하고 아버지는 계속 애원했다.

장교는 아버지에게 다가가 입 닥치라고 소리쳤다. 그러나 아버지한테는 그 소리가 들리지 않았다. 아버지는 나를 계속 불렀다. 그러자 장교는 아버지의 머리를 곤봉으로 갈겼다. 나는 꼼짝도 하지 않았다. 나는 무서웠다. 이번에는 내가 한방 맞지 않을까 하고, 덜덜 떨고 있었다. (중략) 나는 눈물이 나오지 않았다. 그리고 눈물을 흘리지 못하는 것이 괴로웠다. 이제 나한테는 나올 눈물이 없었던 것이다.

이것은 나치의 강제 수용소를 그린 엘리 위셀의 『밤』(1958)의 일부이다. 아버지를 간호해 줄 수도 없고 아버지가 맞아 죽는 것을 막을 수도 없다. 그 죽음에 눈물을 흘리지 못할 뿐 아니라 눈물을 흘리지 못하는 자신을 어떻게 할 수도 없다. 이런 인간의 나약함, 그것을 만들어 낸 인간의 모습이 그려진다.

조지 스타이너는 『언어와 침묵』(1967) 속에 이런 상황을 만들어 내고 그 속에서 오늘날까지 살아온 인류를 '아우슈비츠 이후의 인간'이라고 규정한다. 여기서 아우슈비츠는 단순한 지명이 아니다. 인간의 열성(劣性)을 상징하는 말이다. 그것은 히로시마를 포함하여 대학살의 장소가 된 남경과도 바꿔 놓을 수 있다. 베트남이나 비아프라[10]로 대치할 수도 있다. 인간은 보편적으로 선한 본성만을 가지고 있지 않으며, 인간성은 건설과 창조의 일면만 가지고 있지 않다. 인간이 인간을 철저하게 경멸하고 완전히 파괴할 수 있다는 것도 인간성이라고 불러야 한다. 적어도 전쟁은 이 점을 깨닫게 해 준다.

앙리 아레그의 『심문』(1958)에서 프랑스 낙하산 부대가 알제리에서 받는 고문. 알브레히트 게스의 『불안의 밤』(1950)이나 카 체트예크의 『고통스러운 다니엘라』(1953)에 묘사된 인간에 의한 인간의 부정. 혼다 가츠이치(本多勝一)의 『중국 여행_中國の旅』(1972)도 여기에 당연히 포함된다. '아우슈비츠 이후의 인간'이라기보다 '아우슈비츠를 만들어 낸 인간'의 모습을 전하는 기록이나 이야기는 헤아릴 수 없이 많다. 어린이 책도 이처럼 인간에 의한, 인간으로 인한 인간 파괴 이야기를 수없이 만들어 냈다. 클라라 애슬 펭크호흐의 『별의 아이』(1946)도 그 한 예다.

유태인이기 때문에 별 표시가 찍힌 아이들이 하나 둘씩 죽음으로 내몰린다. 이것은 먼 유럽의 옛날 얘기가 아니다. 그 사실을 몰랐다(또는 모르고 있었다)는 이유만으로 부재 증명서를 손에 넣은 듯이 생각하는 오늘날 인간의 문제이기도 하다. 만약 알지 못한다면, 또는 알려지지 않는다면 앞으로 무슨 일이 일어나도 인간은 관계 없단 말인가. 모르는 곳에서, 모르는 사이에 인간이 학살당하는 상황이 있었다. 그 상황은 인간의 손에 의해 만들어졌다. 이 사실을 생각할 때, 인간은 우선 모르고 있는 상황의 성립을 허락하는 자신을 추궁해야 한다. 그와 동시에 인간은 인간성이라는 말로는 포괄할 수 없는 개개의 존재임을 확인해야 한다.

인간성은 어제 일어난 일을 막을 수 없었다. 내일 일어날 비인간적 행위를 막을 수 없을지도 모른다. 대체 그런 인간성이 무엇이란 말인가. 이것을 규명하지 않고서는 과거의 학살을 돌이켜 생각할 수 없다. 여기에 전쟁 어린이문학이 생겨난 하나의 이유가 있다.

전쟁 자체를 그렸다기보다 전쟁으로 인해 왜곡된 인간, 나약한 인간을 그린 어린이 책은 무수히 많다. 그것은 단순히 과거 사실의 전달이 아니다. 인간이 무엇을 하고 무엇을 이룰 수 있는가 하는 질문과 닿아 있다. 그것을 밝혀 냄으로써 현재 속에서 어제에 대한 책임, 또는 내일에 대한 책임을 지려는 자세가 거기에 있다.

그런 책으로 오츠코츠 요시코(乙骨淑子)의 『피챠샹_ぴいちゃぁしゃん』(1964)이 있다. 사오토메 가츠토모(早乙女勝元)의 『불의 눈동자_火の瞳』(1964), 시바타 미치코(柴田道子)의 『골짜기 밑에서_谷間の底から』(1959), 오쿠다 쓰구오(奥田繼夫)의 『보쿠짱의 전쟁터_ボクちゃんの戰場』(1969) 등이 있다. 마인더트 디양(Meindert De Jong)의 『60명의 아버지의 집_The House of Sixty Fathers』(1956)도 여기에 포함된다. 이것은 순전히 임의로 추출한 작품이다. 전쟁이 반영되어 있는 어린이문학 작품은 많다. 그것들은 군대를 그린 것, 공습을 그린 것, 집단 소개를 그린 것 등으로 분류된다. 그러나 문제는 군대 자체, 공습 자체, 집단 소개 자체가 아니다. 그런 상황 속에서 어린이가 어떻게 살아야 했던가. 인간이 얼마나 비인간적인 취급을 받았는가. 그 증언을 통해 현대

어린이의 모습을 다시 생각해 보는 것이 중요하다.

이것은 과거의 인간관을 무너뜨린다. 거기에 있던 낙천성을 부정한다. 예를 들어 나가사키 겐노스케(長崎源之助)의 『멍청이의 별_あほうの星』(1964)은 그 점을 다음과 같이 묘사한다.

파리 한 마리로 인한 죽음

『멍청이의 별』에 실린 두 번째 이야기 「파리_繩」는 일종의 군대 이야기다. 도쿄는 연일 공습을 받고 일본의 패전은 시간 문제였던 시기이다.

그 무렵, 두 명의 군인이 있었다. 오가와 이등병과 아이야마 이등병이다. 두 사람은 중국 대륙으로 보내졌다. 오가와 이등병은 대졸 군인으로 툭하면 아이야마 이등병을 무시하고 깔본다. 아이야마 이등병의 가장 큰 걱정거리는 "전사할 때 천황폐하 만세를 제대로 외칠 수 있을까?" 하는 것이다. 아이야마에게 피붙이라고는 여동생 미요밖에 없다. 부모님은 이미 돌아가셨다. 남자 혼자 몸으로 여동생을 키웠던 아이야마는 동생에게 편지를 쓰는 것이 유일한 즐거움이다. 그러나 아이야마는 편지도 변변히 쓸 줄 모른다. 늘 오가와에게 대필을 부탁한다.

더운 여름이 찾아온다. 어느 날 아침, 중대장이 명령한다. 파리를 잡아라. 파리를 잡는 일은 공격 정신을 단련하는 일이나 마찬가지다. 전투가 끝난 전쟁터에 꾀는 파리를 각 반이 경쟁적으로 잡는다. 오가와와 아이야마 반의 반장은 "잘 들어라. 하루에 반드시 50마리씩 잡아야 한다. 만약 잡지 못하면 모자라는 수만큼 따귀를 때리겠다. 알았나?" 하고 명령한다. 오가와는 이 명령을 내심 비웃는다. 한편 아이야마는 필사적으로 목표 수를 채워 나간다. 오가와의 몫까지 잡아 오가와가 따귀를 맞지 않도록 해 줄 작정이다. 오가와는 겉으로는 고맙다고 하면서도 그런 아이야마를 멸시한다.

물론 파리잡이 경쟁만으로 하루를 보내는 것은 아니다. 전투 훈련은 날마다 되풀이된다. 그러던 어느 날, 행군이 실시된다. 아침부터 꽤 열이 높던 오가와는 행군 도중에 쓰러진다. 아이야마의 도움으로 가까스로 행군은 마치지만 소총의 노리쇠 덮개를 잃어버린다. 오가와는 반장한테 호되게 맞는다. "폐하께서 내려 주신 총을 소홀히 다루다니. 이 불충한 녀석." 오가와는 분실한 총 부품을 찾으러 가야 했다. 친절하게도 아이야마가 오가와를 따라 나선다. 그 때문에 최고 기록을 유지하고 있던 아이야마는 파리를 잡을 수 없게 된다. 그렇게 되면 표창을 받을 수 없다. 아이야마는 파리잡이 경쟁에서 일등을 차지해 포상으로 받을 양갱을 중국 소년에게 줄 생각이었는데…….

그날 밤 오가와는 변소에 간다. 그리고 아이야마 생각을 한다. "따분한 군대 생활 속에서 비록 작지만 저런 꿈이라도 가지고 있는 게 어쩐지 굉장히 근사해 보인다."고 생각한다. 아이야마가 부럽기조차 하다. "할 수만 있다면 저 녀석의 소원을 이뤄주고 싶다."고 생각하게 된다. 소문을 듣자니 잡은 파리는 위생실 뒤쪽에 묻어둔다고 한다. 오가와는 그것을 파내서 아이야마에게 주고 싶다. 그것은 금지된 행위이다. 오가와는 그것을 알면서도 파리를 파내려 한다. 그 때 불침번 경비병에게 들킨다. "누구냐?" 총을 든 군인이 말을 건다. 오가와는 파리를 움켜쥔

채 벌벌 떤다. 세 번째 물음에도 대답하지 못한다. 총성이 울려퍼진다. 오가와는 죽는다. 바로 그 뒤에 전쟁은 끝난다.

인간이 고작 파리 때문에 목숨을 잃는다. 인간이 파리 한 마리보다 못한 상황이 있다. 그런 상황을 만든 것도 인간이다. 이런 상황을 만들 수 있는 인간의 그 어디에 가치 있는 인간성이 존재한단 말인가. 그 어디에 보편적인 형태의 가치가 존재한단 말인가. 인간은 인간이기 때문에 모두 다 선하거나 모두 다 악하지 않다. 전쟁이 우리에게 준 것은 그것이다. 인간적 가치는 인간 일반에게 보편화된 형태로 내재하지 않는다. 그것을 가치로서 쌓아올려 가는 개개인의 지속적인 노력 속에 존재한다.

이것은 공상 이야기에도 반영된다. 현재의 어린이 책 작가는 의식하든 그렇지 않든 과거의 인간관을 부정하고 있다. 인간 전체보다 인간 개개인이 앞선다고 말하고 있다. 그것이 '신비한 세계'에 특정한 어린이밖에 들어가지 못하는 작품 구조를 만들어 낸다. 톰 굿이너프나 키다리 씨는 인류의 대표로서가 아니라, 가치를 믿으려는 개인 자격으로 '신비한 세계'에 들어갈 수 있다. 여기에는 개인을 매개로 해야만 확립될 수 있는 인간 신뢰의 길이 암시되어 있다. 인간이 자신을 독자적인 개인으로 재확인하고, 그 확인 속에서만 가치 있는 것이 만들어진다는 사실을 시사하고 있다.

어린이는 순진하다. 어린이에게는 아름다움을 보여 주어야 한다. 이런 어린이 '일반'에 대한 주장은 경계해야 한다. 이런 관념이 선행하는 포교적 어린이관에는 개개의 인간을 무시하는 독선이 수반될 수밖에 없다. 가치란 인간의 삶의 방식에 따라 만들어지는 것인데도, 포교적 어린이관은 가치관에 인간을 끼워 맞추고 어린이를 교육하려는 꼴이 되기 십상이다.

관념이 개인의 생명보다 우선하는 체제가 막다른 길에 부딪혔을 때 가장 먼저 희생되는 것은 어린이이다.

나는 전쟁을 동경한 적도 없었고 젊은이가 전쟁을 일으킨다고 생각한 적도 없다. 노인이 전쟁을 일으키고 젊은이가 전쟁으로 죽어 가는 것이다.

열네 살의 어린 데이비드는 이렇게 생각한다. 에릭. C. 호가드(Erik. C. Haugaard)의 『기수와 그의 말_The Rider and His Horse』(1968)의 이야기다. 호가드는 전작 『작은 물고기_The Little Fishes』(1967)에서 제2차 세계 대전 속의 고아를 그렸다. 『기수와 그의 말』에서는 전쟁터로 내몰린 소년을 그렸다. 전쟁이 끝난 뒤 주인공 데이비드는 생각한다.

나는 지난날 어린이였지만 지금은 벌써 어른이다. 어른과 어린이 사이의 그 시절, 청춘의 시절, 현실과 아무 관계 없는 꿈꾸는 시절, 인생의 그 시절을 나는 결코 맛볼 수 없다.

관념이 선행하는 세계는 이처럼 청춘 이전의 어린 시절을 짓뭉개 버린다. 더군다나 어린이가 자유를 맛볼 수 있는 모든 작품이 부정된다. '신비한 세계' 따위는 어림도 없는 말이다. 이 부정은 '이상한 세계'에도 영향을 미칠 것이다. 불행한 이야기이다(나는 여기서 '이상한 세계'라고 했지만 이것 역시 어린이문학의 한 세계이다. '이상한 세계'는 문자 그대로 '일상적이지 않은' 이야기를 만들어 냄으로써 어린이들과 관계를 맺으려고 한다. '놀이'의 세계라고 바꿔 말할 수 있을지도 모른다. '놀이'라고 하면 당장에 의혹의 눈길로 바라보는 '성실'한 어른이 있다. 그렇다면 그 '성실'이란 무엇인가. 그것을 생각하기 전에 우선 '이상한 세계'의 스케치부터 시작하고 싶다).

4 어린이문학 속의 '이상한 세계'

'~다움'을 뒤집는다

　그날은 날씨가 매우 좋았습니다. 오귀스트(개 이름. 사자를 보고 기절한다-저자 주)는 상쾌한 기분으로 잠이 깼습니다. 거기에는 까닭이 있습니다. 간밤에 덩치 큰 고양이가 다락에서 생쥐를 쫓다가 다리 하나를 삔 데다 쥐를 놓치기까지 했기 때문입니다. 피피는 어항 속을 빙글빙글 돌다가는 때때로 지느러미를 하늘거리며 물 위로 떠오릅니다. 그럴 때면 피피는 마치 물 밖으로 뛰쳐나가고 싶어하는 것 같았습니다. 마을 사람들은 하나같이 기분이 좋았습니다. 물론 덩치 큰 고양이만 빼고요. 학생들이 스튜 냄비를 선생님의 등에 들이부었는데도 선생님은 아직 그걸 알아차리지 못하는 형편입니다. 학생들은 선생님이 앉는 의자에 딱총을 놓아 두었지만 아직 폭발하지 않았습니다. 내친 김에 산 개구리도 선생님의 외투 주머니 속에 집어 넣었습니다. 하늘이 너무나 새파래서 선생님은 수영복을 입고 물이 가득 든 목욕통을 교단 위에 올려놓고 그 속에서 수업을 하기로 했습니다. (중략) 10시쯤이었습니다. 소방서장이 불을 질러 화재를 일으켰습니다. '앵앵!' 하는 소방차 사이렌 소리로 마을에 좀더 활기를 불어넣어 소란스럽게 만들고 싶었기 때문이죠. (「눈부신 공적」 편)

　장 코(Jean Cau)의 『우리 마을_Mon Village』(1958)의 첫머리이다. 주인공은 판탈롱. 일이나 공부하고는 전혀 무관하게 날마다 마을을 돌아다니고 있다. "너는 훌륭한 사내아이 같으니까……." 하고 이폴리트가 말하는 것을 보면, 어린이인 듯하다. 이폴리트는 반인반수로, 몸은 말이고 얼굴은 인간인 사내이다. 이 이야기에는 악마가 불쑥 나타나거나 고래가 찾아오기도 한다. 그것이 또 아주 자연스럽다. 그래서 이폴리트의 말대로 판탈롱이 어린아이인가 싶기도 하고, 그렇지 않은 것 같기도 하다. 판탈롱은 마을 어른들만큼이나 갖가지 의견을 말하기도 하니까. 화성인(사실은 덩치 큰 고양이였지만)이 습격했을 때 촌장이 맨 먼저 의논하는 상대도 판탈롱이고, 공화국 대통령이 전화로 불러들이는 것도 판탈롱이다. 어떤 사건이든 척척 해결하는 판탈롱. 항상 주목을 받는 판탈롱. 요컨대 판탈롱은 어린이이면서 어른의 세계에서 대등한 발언권을 지니고 있고, 때로는 그 이상으로 멋진 일을 하는 인물로 그려져 있다. 하지만 물론 판탈롱이 슈퍼맨은 아니다. 판탈롱은 서커스단에서 도망친 사자를 잡으려다 실패하고, 유령에 의해 교회 탑에 대롱대롱 걸려 있기도 한다. 판탈롱의 총알을 피한 사자는 판탈롱이 불쌍해서 일부러 죽은 시늉을 하는 형편이다.

게다가 이 마을은 항상 날씨가 좋고, 사제는 죽마를 타고 아리아를 부르거나 구슬치기에 열중한다. 장난꾸러기 학생 조조 라비쉬는 날마다 학교를 폭파하고, 선생은 수업은커녕 교실에 침대를 갖다 놓고 낮잠을 자거나 고릴라로 변장한다.

아무튼 『우리 마을』은 엉망진창이다. 엉망진창이 너무 심한 말이라면 황당무계한 세계라고 바꿔 말해도 좋다. 황당무계함 그 자체가 하나의 즐거움을 만든다.

두말 할 것도 없이 이것은 난센스 이야기이다. 난센스 이야기는 어린이 책의 세계에서 하나의 장을 차지하고 있다. 〈이상하고 이상하고 이상한 세계〉라는 영화도 있었는데(물론 이 영화는 숨겨진 돈 다발을 손에 넣기 위해 모든 등장 인물이 혈안이 된다는 줄거리로, 그다지 '이상한' 이야기도 아니었지만), 『우리 마을』이야말로 문자 그대로 '이상한 세계'라 할 수 있을 것이다.

우선, 어린이가 어린이답지 않다는 점이 이상하다. 주인공 판탈롱이 어린이라면, 부모도 없고 생활을 지탱해 줄 어른도 없는데도 지극히 우아하게 살고 있기 때문이다. 게다가 공부도 하지 않는다. 어른처럼 총을 메고 사냥을 하는가 하면 힘 겨루기로 대통령상을 받기도 한다. 그것이 이상하다. 이 경우, '이상하다'라는 말은 물론 '괴상하다'나 '불가사의하다'는 뜻이 아니다. 그보다는 '재미있다' 쪽에 가깝다. 이 이야기는 그런 의미에서 이상하게 전개된다.

둘째로, 어른이 어른답지 않은 점이 이상하다. 사제는 기도를 드리고 신을 섬기고 마을 사람들에게 복음을 전하는 대신, 자신의 아름다운 목소리를 널리 알리기 위해 죽마를 타고 아리아를 부른다. 소방서장은 불을 끄는 대신 불을 지르고, 우편 배달부는 편지를 배달하는 대신 아이스크림을 팔며 돌아다닌다. 이른바 일상 세계에서 어른이 말하는 '직업에 대한 책임감' 따위는 보기 좋게 내던져 버리는 것이다. 그것이 이상하다.

셋째로, 기성의 인간 모습이 철저히 파괴되어 있다는 점이다. 대통령, 촌장, 어린이……. 그런 사회적 입장이나 지위나 서열이 무너지고 모두 대등하게 교류하는 것이 이상하다.

넷째로, 세계의 존재 방식이 일반적이지 않다. 유령, 악마, 반인반수, 고래, 사자, 개, 고양이가 인간 마을의 주민으로 자유롭게 등장한다. 그것이 이상하다.

이 '이상함'은 어떤 것일까. 난센스(무의미)에 '의미'를 구하는 것만큼 난센스(어리석은 것)도 없다. 그러나 이 '이상함'이 단순한 '짓궂은 장난'이 아닌 것도 분명하다. 이 작품이 마주하고 있는 세계를 생각해 보면 분명해질 것이다. 『우리 마을』이 마주하고 있는 세계는 그야말로 '진지하고 진지하고 진지한 세계'이다. 농담이 아니라, 이 '진지한 세계'는 우리가 살고 있는 일상 세계이다. 『우리 마을』은 우리가 살고 있는 현실의 질서나 발상을 뒤엎음으로써 우리 속에 있는 '진지주의'를 지극히 선명하게 비판한다. '진지주의'란 인간(또는 세계)이 '~다움'(또는 '~답게')을 존중하는 생활 방식, 사고 방식이라고 해도 좋다. 어린이는 학교에 가서 공부하고 항상 어린이답게 행동해야 한다(어린이다움). 어른은 항상 열심히 일하고 어른다운 분별력을 가져야 한다(어른다움). 게다가 인간이나 세계는 항상 합리적이어야 하고, 그 질서가 조금이라도 흐트러져서는 안 된다(이것은 '인간다움' '세상다움'이라고 해도 좋다). 『우리 마을』의 '엉망진창' 종잡을 수 없는 모습은 그러한 '~다움'을 부정함으로써 그 이면에 있는 인간의 존재 방식, 사고 방식을 비판한다. 결과적으로 그렇게 된다는 말이다.

'~다움'의 이면에 있는 인간의 존재 방식, 사고 방식은 한 마디로 '~해야 한다'라는 '생각'에 얽매인 인생관, 세계관이라고 할 수 있다. 또

한 인간을 그 가능성으로 평가하지 않고 의무만으로 평가하는 발상이라고 할 수 있다. 어른이든 어린이든 사회의 갖가지 규범을 받아들여야 한다고, 나이나 사회적 지위에 따라 자신의 위치에 걸맞게 행동해야 한다고 인간을 한정하는 사상이기도 하다.

이처럼 의무만을 지향하는 발상이 활개칠 때, 인간(어른과 어린이를 포함하여) 내면에서 숨쉬는 자유에 대한 바람이나 가능성을 닫아 버리는 세계가 생겨나지 않을까. 적어도 그러한 '닫힌 세계'에서는 인간의 사고가 비약하는 것을 경계하는 법이다. 또 상상력으로 별세계를 꿈꾸는 것을 위험시하는 법이다. '닫힌 세계'는 '자유'의 이름으로 기존 질서나 가치관이 붕괴되는 것을 무엇보다 두려워하기 때문이다. '닫힌 세계'는 끊임없이 인간을 일정한 틀 속에 끼워 넣고 분별력 있는 인간답게 행동할 것을 요구한다. 그것이야말로 '진지한' 인간 생활이라는 의미를 부여하려고 한다.

인간이 비약적인 생각을 하지 않는 것을 미덕으로 여기는 사고 방식. 그 가능성을 펼치지 않는 것을 '분별력 있는 훌륭한 태도'로 미화하는 사고 방식. 곰곰이 생각해 보면 '진지주의'에는 인간을 현재의 생활 속에 가둬 놓고 '열린 세계'로 들여보내지 않으려는 심술궂은 계략조차 숨어 있다.

일찍이 사람이라면 모름지기 나라를 위해 진지하게 싸우다가 '꽃처럼 지는' 존재로만 생각하며 짧은 일생을 마친 젊은이가 많았다. 이런 전쟁 시대의 청춘을 '되돌릴 수 없는 청춘'이라고 하는 사람도 있다. 이 말에는 사람은 두 번 살 수 없다는 의미도 있지만, 그보다는 단 한 번뿐인 유한한 인생을 그처럼 협소하고 엄격하게 한정된 형태로밖에 살 수 없었던 이들에 대한 애도와 통한이 서려 있다. '진지함'이라는 명목으로 어린이나 젊은이에게 그런 생활밖에 허락하지 않았던 '닫힌 세계'. 그런 청춘을 낳은 '진지함'. 그것을 생각하면 과연 진지하다는 것이 미덕인지 묻고 싶어진다.

앞에서 보았듯이 『우리 마을』은 이 '진지'한 현실 세계를 완전히 뒤죽박죽으로 만든다. 현실 세계를 매우 '이상한 세계'로 만들어 버림으로써, 의무와 질서와 격차 속에 '닫힌 세계'의 주민들을 가능성을 향해 '열린 세계'로 이끌어 냈다. 이 이야기의 '이상함'이 갖는 역할은 바로 이것이다.

『우리 마을』에서는 직업이나 신분, 입장이나 나이의 절대성이 부정된다. 이 부정은 어른이나 어린이, 대통령이나 탐험가를 모두 어리석은 일에 열중하는 인간으로, 동렬의 인간으로 표현한다. 유령이나 악마조차 『우리 마을』의 주민이다. 이런 말도 안 되는 '황당무계함'으로 합리주의의 이름을 빌어 인간의 상상력을 억압하는 것에 결투를 신청한다. 칭송해야 할 것은 인간의 '황당무계함'이지 그것을 억누르는 '진지함'이 아니라는 말이다. 이것은 언뜻 불합리성을 칭찬하는 말처럼 들리기도 한다. 그러나 사실은 공상의 공간에 대한 칭찬이다. 그런 의미에서 『우리 마을』은 장 코 한 사람의 마을이 아니라 각각의 독자 속에 잠들어 있는 '자유롭고 즐거운 세계'에 대한 바람에 형태를 부여한 것이라고 보아야 한다. 곧 『우리 마을』은 독자 속에 숨어 있는 '자유의 마을'이다. 장 코는 인간이란 무수한 별세계를 상상할 수 있는 존재라는 사실을 이

마을 이야기를 통해 우리에게 말하고 있는 것이다. 이것 역시 '이상한
세계'의 역할이다.

아이들은 패러디를 즐긴다

이것은 일종의 패러디이다. 패러디는 일반적으로 '원전의 희극화, 또는
진지한 것을 비틀어서 다른 것으로 바꿔 놓는 것'이라고 정의할 수 있
다. 난센스 이야기의 경우, 변형시킬 원전은 고전적인 이야기나 다른
책이 아니라 현실 세계 그 자체이다. 규제받고 자유나 가능성을 잃기
쉬운 인생 자체가 원전인 것이다.

그러나 이것이 어린이와 과연 관계가 있느냐는, 패러디는 어른의 풍
자 정신의 표현이 아니냐는 의견도 없지 않다. 우선 반드시 짚고 넘어
가야 할 것은 '닫힌 세계'에서 가장 규제를 많이 받는 것이 어린이라는
사실이다. 그리고 어린이 자신도 '진지주의'에서 빠져나가기 위해 패러
디를 적극적으로 활용한다는 사실이다.

예를 들어 '가사 바꿔 부르기'가 있다. 이것이야말로 어린이들로서는
'반(反)진지주의'('진지주의'에 대한 패러디)의 표현이다. 한 5년 전,[11] 블
루 코메츠(ブルー コメッツ)라는 그룹 사운드가 있었다. 지금은 해체되
었지만 당시 인기를 끌던 곡으로 〈블루 샤토_ブルー シャトー〉가 있다.

숲과 샘물에 둘러싸여
고요히 잠드네,
블루, 블루, 블루 샤토.

어린이들은 이 노래의 가사를 다음과 같이 바꾸어 그야말로 큰 소리로 부르며 다녔다.

수프와 돈가스, 도너츠여
고요히 잠든 당근,
빨강 빨강 빨강 토마토.

가사는 지방마다 약간씩 차이는 있지만 거의 비슷했다. 어린이들은 '원곡'의 달콤하고 슬픈 분위기를 밝고 먹성 좋고 기운찬 분위기로 바꿔 버렸다. '가사 바꿔 부르기'라는 수단으로, 감상적이고 가라앉은 느낌의 세계(이것은 일종의 '닫힌 세계'라고 할 수 있을 것이다)를 이질적인 세계로 훌륭하게 바꿔 놓은 것이다. 이것 역시 '열린 세계'로 들어가는 한 방법이라고 할 수 있다. 물론 이것은 하나의 예이다. 전쟁 전과 전쟁 중과 전쟁 후에 걸친 시기에 어린이들이 '진지'한 노래 가사를 어떻게 바꿔 놓았는지만 살펴보아도 '노래 가사 바꾸기의 역사'를 쓸 수 있을 정도이다.

어른 역시 수없이 많은 '반(反)진지' 노래를 만들어 왔다. 군가를 생각하면 쉽게 알 수 있다. 예를 들어 '끝없이 이어지는 진창길……'이라는 노래는 '부슬부슬 비내리는 밤에……'라는 일본인에 대한 원망과 한탄의 노래로 바뀌었다. 이 노래는 오시마 나기사(大島渚)의 영화 〈일본 춘가고_日本春歌考〉에 쓰였다. 또 '코끼리, 코끼리, 코가 길어……'라는 동요가 어른들이 음란한 노래로 바꾼 예도 있다. 그러나 여기서 문제는 노래 자체가 아니다. 이처럼 가사를 외설스럽게 바꾸어 부름으로써 늘 규제받고 사는 현재의 자신으로부터 탈출하고 싶었던 것이 아닐까 하는 점이다.

어린이들은 동요나 광고 노래를 바꿔 부름으로써 현재 자신이 놓여 있는 이 세계를 유일한 세계라고 규정짓는 발상에 거부권을 행사한다. 이것을 어린이의 '놀이'라고 가볍게 여기는 사람도 있다. 그러나 어린이(아니, 어른에게도)에게 '놀이'는 자신의 자유를 확인하기 위한 가장 구체적인 방법이 아닐까. 어린이는 '놀이'로써 사회적 규제나 인습에서 벗어나 자신의 손으로 다른 세계를 만들어 낸다. '놀이'에는 인간을 '닫힌 세계'에서 해방시키려는 움직임이 있다.

흔히 난센스 이야기는 가치 전도의 세계를 그린다고 한다. 그것은 앞에서 살펴본 대로이다. 그러나 '노래 가사 바꾸기'의 예에서도 알 수 있듯이, 어린이에게는 가치 전도도 하나의 '놀이'이다. 강한 것이 약해지고 큰 것이 작아진다(물론 진지한 것은 '진지하지 않은 것'이 된다). 거기에 하나의 즐거움이 있다. 그 즐거움은 인간이 자유로울 때 느끼는 즐거움과 관련이 있다. 한정된 존재가 제한 없는 세계에서 사는 기쁨이라고 해도 좋다. 그것이 '놀이' 속에 있고 '이상한 세계' 속에 있다는 말이다.

그렇다고 '반진지'나 난센스에 제한이나 문제점이 전혀 없을까? 장 코의 경우, 전혀 문제가 없는 것은 아니다. '지나인'이 '우리 마을'에 나타나서 '할복'을 하려는 부분이 바로 그렇다. 말할 것도 없이 '할복'은 일본 무사의 전통적인 자결 방법이지 중국의 전통이 아니다. 이 점을 알면서도 지나인과 일본인의 차이를 무시했다면, 장 코의 난센스는 경멸적인 동양관 위에 성립되어 있는 셈이다. 또한 그 차이를 몰랐다면, 그의 인간관은 천박한 것이 되어 버린다. 더욱이 'Chinois'를 '지나인'이라고 번역한 역자에게도 문제가 있다. 프랑스어에는 중국인을 나타내는 말이 'Chinois'밖에 없다. 그것은 문자 그대로 중국인이다. 그런데도 왜 '지나인'이라고 번역했을까. 난센스의 가치 전도는 인간의 진정한 자유로운 모습을 말하고 싶은 데서 출발한다. 이처럼 자유를 지향하는 작품 속에 무의식적으로나마 인간 경멸의 흔적이 보인다면 그 작품의 자유 지향성은 모두 허풍이 되어 버린다. 이것은 슬픈 이야기이다. 여기서 『우리 마을』을 예로 든 것은 이 작품 속에 '이상한 세계'의 모습이 잘 나타나 있기 때문이다. 그렇다고 해도 위에서 제기한 문제가 상쇄되지는 않는다.

일본 난센스 이야기의 싹

'놀이'는 일본 어린이 책의 세계에서 가장 경시되어 온 말이다. 난센스 이야기가 거의 생겨나지 않은 것도 '놀이'의 경시와 관계가 있다. 현대로 접어들어서야 겨우 '놀이의 세계'를 펼쳐 보이는 작품이 나타나기 시작했다. 이것은 나중에 다시 말하기로 하고, 여기서는 일본의 난센스 이야기 하나를 살펴보고자 한다. 바로 이와모토 도시오(岩本敏男)의 『빨간 풍선_赤い風船』(1971)이다.

'그 해 11월 17일' '오전 9시가 조금 못 되어서였다. 호라네 마을 아레요 거리 729번지'의 안경점 할아버지가 빨간 풍선을 발견했다. 이 이야기는 여기서부터 시작된다. 할아버지는 우주선이 아닐까 생각한다. 공중 전화 박스로 헐레벌떡 달려가 경찰에 알린다. 할머니도 뛰어간다. 그러나 할머니는 빨간 풍선을 '공짜 유럽 여행과 3백만 엔'이 걸린 새로운 광고물이라고 생각한다. 할아버지와 할머니의 풍선에 대한 엄청난 집념에 이끌려, 온 마을 사람들이 달리기 시작한다. 호라네 대학의 우주항공과는 풍선 폭탄이나 신형 핵무기가 아닐까 추측한다. 마을의 홍보용 차는 군대 행진곡을 울리고 돌아다니며 사람들에게 긴급히 대피하라고 한다. 교육위원회는 학생들에게 대피를 명령하고, 전 육군중장 오야마 마사오 씨는 일본 칼을 차고 나귀에 올라타 추격에 가담한다. 호라네 방송국은 풍선과 마을의 반응을 생방송으로 전한다. 마침내 온마을 사람들이 마른침을 삼키며 지켜보는 가운데 경찰 서장이 풍선을 붙잡는다. 풍선에는 이렇게 적혀 있다. '첫째, 방심하지 말 것, 위아래, 좌우를 살필 것. 둘째, 사고로 죽는 것은 내일로 미루자. 전국교통안전조합.'

정말이지 "이 따위 장난, 집어쳐!" 하고 소리치고 싶은 결말이다. 작가는 한술 더 떠 '물론 이 사건은 『뉴욕타임스』에는 실리지 않았다.'고 한다. 한심하다면 그야말로 한심한 이야기다. 그러나 이 이야기 자체가 한심한 것은 아니다. 일본인(아니 우리 인간)이 한심할 따름이다. 풍선을 둘러싸고 긴장하고 대치하는 '진지'한 어른들은 철저하게 웃음거리로 전락하고 엉뚱한 '놀이의 세계'를 구성하는 인간으로 바뀐다.

이런 식으로 어른(또는 인간)을 '웃음거리'로 만드는 사상이 과연 '진지하지 않은' 것일까. 그렇게 말한다면 어린이가 교사에게 붙인 별명(예를 들어 교실 안팎에서 어린이를 쥐어짜고 성가신 잔소리로 못살게 구는 교사는 '걸레'라고 한다)도 '진지하지 않은' 것의 대표격이다. 그리고 '진지주의'는 이런 '진지하지 않은' '놀이'를 항상 눈엣가시로 여겨 왔다. "까불거리지만 말고, 좀 진지해져 봐!"라는 꾸지람은 지금도 되풀이되고 있다. "진지해져 봐!"가 입버릇인 교사에게 지금의 어른들도 어린 시절에 한두 번쯤은 선생님이 그 말을 몇 번이나 하는지 세어 본 적이 있을 것이다.

어쨌든 언뜻 '진지해 보이지 않는' 어린이들의 '놀이' 속에는 사실 '진지함'이라는 이름으로 인간을 한정하고 억압하는 것에 대한 강렬한 비판이 숨쉬고 있다. 그것은 '반(反)진지'의 정신이며 『우리 마을』이나 『빨간 풍선』 같은 '이상한 세계'를 형성하는 원동력이다.

'말놀이'가 열어 주는 세계

다니가와 슌타로(谷川俊太郎)의 책 중에 『나의 말놀이 노래_私のことばあそびうた』라는 것이 있다. 잡지 『어머니의 벗_母の友』에 연재된 것이다.

> 있나 돌고래
> 없나 돌고래
> 언제쯤 있나

밤이면 있나
다시 와 볼까

있나 돌고래
없나 돌고래
있다 있다 돌고래
가득한 돌고래
잠자고 있나
꿈꾸고 있나

이것은 그 중 한 편으로, 여기에는 '놀이'가 있다. '놀이'를 소중하게 여기는 사상이 있다. 돌고래의 습성을 노래한 것도 아니고 돌고래의 귀여운 모습을 표현한 것도 아니다.

이 시는 현실의 '돌고래'[12]에서 촉발되었지만, 돌고래 이야기가 아니라 현실 세계와는 동떨어진 말의 즐거운 세계를 펼쳐 보인다. 여기서 동물 이름 '돌고래'는 말이 만들어 낼 수 있는 세계의 재미를 나타내는 소재로 변한다. 이것은 말 그 자체를 즐기려는 시도이다. 말이 무엇을 표현할 수 있는가가 아니라, 말이 어떤 세계를 만들어 낼 수 있는가에 대한 시도이다. 여기에는 상상력이 작용한다. 말로 어떤 세계를 만들 수 있는가라는 것은 인간이 무엇을 어디까지 생각할 수 있는가라는 가능성의 추구와 이어져 있다.

그뿐 아니다. 이런 말놀이는 원래 어린이들의 것이다. 어린이들은 단순히 말장난만 즐기는 것 같지만, 사실은 무의식중에 자신의 상상력의 가능성을 펼치고 있다.

일학년은 일하고 와라
이학년은 이기고 와라
삼학년은 삼세판 싸워라
사학년은 사 먹고 와라
오학년은 오지게 맞아라
육학년은 육갑을 떨어라

이 어린이들의 '말장난'에도 그 작용이 살아 있다. '합리적'으로 말하면, 5학년은 왜 오지게 맞아야 하는지 도무지 알 수 없다. 6학년은 육갑을 떨어야 하는 불합리함에 화를 내도 좋다. 어른에게는 단순하고 터무니없는 이 말장난으로 어린이는 얼마나 재미있는 감각을 맛보는가. 이것이야말로 의미 없는(난센스) 것이며 순간이나마 일상적 언어 세계에서 어린이를 해방시켜 준다. 말을 즐김으로써 어린이는 또 다른 세계를 만들 수 있다는 것을 알고 있다. '노사말'도 그 좋은 예이다.

치노사요, 어노사제, 숙노사제, 잊노사었다. 선노사생님한테 꾸노사중 들노사었다. 큰노사 소노사리로 울노사었다(치요, 어제, 숙제 잊었다. 선생님한테 꾸중들었다. 큰 소리로 울었다).

모든 단어(라기보다 어절)에 '노사'를 넣는 '말놀이'이다.

이렇게 해서 실제로 통용되는 말을 자기 나름대로 바꾸고(또는 멋대로 늘어놓고) 그것을 즐김으로써 어린이는 성큼 비약한다. 이것은 '진지함'처럼 어린이를 작고 닫힌 존재로 만들지 않는다.

다니가와 슌타로는 어린이를 포함한 인간의 세계를 넓혀 주는 것으로 '말놀이'를 골랐다. 이러한 '말놀이'의 한 예는 기지마 하지메(木島始)의 「노래놀이_歌あそび」(『뛰는 것 기는 것_跳ぼもの匍うもの』(1969)에 수록)에도 잘 표현되어 있다. 뿐만 아니라 과거에도 이와 유사한 시도가 있었다. 예를 들어 『빨간새』 시절에 시마키 아카히코(島木赤彦)는 「양파 중대가리_葱坊主」(『동화_童話』(1923)에 게재)라는 시를 썼다.

양파 중대가리에
나비가 앉았다
한 마리 앉으면
떨잠

두 마리 앉으면
리본

리본 달고
떨잠 꽂고

마을에 갈까
축제에 갈까

가고 싶긴 하지만
외다리인걸

　이 시는 양파 중대가리에 내려앉았던 나비가 날아가는 부분에서 끝
난다. 물론 이것은 '말놀이'는 아니다. 말 자체가 즐거운 놀이의 세계를
만들어 내는 것이 아니라, 양파 중대가리와 나비의 모습을 유머러스하
고 리드미컬하게 표현하고 있는 것이다. 그러나 이러한 표현에는 '놀
이'의 감각이 있다. '놀이'의 감각이 풍부한 것은 이밖에도 많다. 이런
시도는 있었지만, 정작 거기서 한 발 내딛어 어린이의 세계를 열어 주
는 것으로써 '놀이' 사상으로까지 나아가지는 못했다. 또 설령 '놀이'
사상을 가진 시인이 있었다 해도 일본 어린이의 세계 속에서 중요한 위
치를 차지하지 못했다. 그 원인의 일단은 「양파 중대가리」의 작가의 말
에서 엿볼 수 있다.

　원래 문학은 재미있고 우스운 것이 아닙니다. 히토마로(人麻呂) · 아
　카히토(赤人) · 바쇼(芭蕉) · 시키(子規)[13]의 작품과 같은 고급 문학은 하
　나같이 인생을 검소하고 정숙하게 지내 온 마음의 기록입니다. 어린이
　들이 재미있고 우스꽝스러운 방면으로만 발달한다면 그들이 성인이

되었을 때 질 높은 문학을 이해할 수 없게 될 것입니다. (『동요 및 기타
에 대한 소견_童謠其他に對する小見』, 1924)

이처럼 시마키 아카히코는 모처럼의 재미를 부정한다. '재미'의 감각
을 갖고 있으면서도 거기에 담겨진 가능성을 '고급 문학' 때문에 경시
한다. 아무리 즐거운 동요, 재미있는 동시를 쓰더라도 그것은 '진지한'
목적을 위해서라고 주장한다. 거기에 비해 기타하라 하쿠슈(北原白秋)
는 누구보다 뛰어난 '놀이' 감각을 지닌, 또 '놀이'의 효용을 이해하는
시대의 시인이었지만(『동요사관_童謠私觀』, 1923, 참고) 그마저도 자신
의 작품을 '놀이'와 연결짓기보다 '예지'라는 심원한 개념과 연결짓고
말았다. "나의 동요를 오로지 감각 예술로만 보는 사람도 너무 이해력
이 없다"면서 그런 식으로 말하지 말라고 주장한다. '진지'하다는 것이
그만큼 중요시되었다. 그에 비례하여 '놀이'는 무시당했다.
　이것은 동화의 세계에 국한된 이야기가 아니다. 거기에서 보이는 하
나의 경향이 사실은 일본 어린이 책의 세계에 깊이 뿌리박혀 있었다.
이래서는 자유롭게 비약하는 공상 이야기가 자라날 수 없다. 어린이는
항상 '진지'한 이야기와 얼굴을 맞대고 있어야 한다. 아무리 재미있어
도 결국은 '진지함'과 이어진 이야기 세계밖에 가질 수 없다. 곧 '재미
있으면서도 유익하다'는 발상의 세계이다. '재미'에 대한 판단은 어린
이가 내린다 해도 '유익'한가 그렇지 않은가를 판단하는 것은 어른이
다. 이런 상황에서는 무한한 가능성을 지닌 인간의 상상력은 제한되고
좁은 틀 속에 갇힌다. 상상력을 그런 틀 속에서밖에 키울 수 없게 되는

것이다.

왜 일본에서는 외다리 실버(스티븐슨의 『보물섬_Treasure Island』(1883)에 나오는 매력적인 해적)처럼 개성적인 인간상이 탄생하지 못했는가. 왜 톰 소여나 허클베리 핀 같은 아이가 그려지지 못했는가. 왜 곰 푸우와 같은 주인공이 탄생하지 못했는가. 그 이유는 이러한 '진지주의'와 깊은 관련이 있다. '놀이'의 경시가 그 원인이다.

톰이나 허크는 결코 '진지하지' 않다. 지독한 '장난꾸러기'이다. 외다리 실버는 악당이다. '진지함'을 중시하는 세계에서는 이런 '진지하지 않은' 인간을 그릴 수 없다. 일본 어린이문학의 주인공은 항상 진지했으며 '놀이' 자체의 가치나 가능성에 등을 돌려왔다. 사토 고로쿠(佐藤紅綠)의 작품의 주인공들, 나아가 사루토비 사스케[14]와 같은 고전적인 슈퍼맨들의 행동은 때때로 눈에 띄게 '놀이'에 접근하지만, 안타깝게도 결국은 그것을 압도하는 목적(진지함)에 귀결된다. 주인을 위해, 우정을 위해, 그들은 진지한 것이다. 진지한 것만이 인간의 미덕이라고 생각하는 어른들 때문에 행동을 구속받았던 것이다.

'놀이'의 즐거움을 펼치는 이야기

오늘날에는 어린이를 위해 '놀이'의 세계를 펼치는 이야기가 몇몇 있다. 예를 들면 야마시타 하루오(山下明生)의 『해적 오네숀_かいぞくオネション』(1970)이나 '말놀이'로 유명한 다니가와 슌타로의 『와하와하이의 모험_ワッハワッハハイのぼうけん』(1971), 마츠타니 미요코(松谷みよこ)의 『꼬마 모모짱_ちいさいモモちゃん』(1964)과 그 속편 『모모짱

과 푸우_モモちゃんとプー』(1970), 나카가와 리에코(中川李枝子)의 『복
숭아빛 기린_ももいろのきりん』(1965)이나 이마에 요시토모의 『주머니
에 가득_ぽけっとにいっぱい』(1968), 그리고 『주머니의 축제_ぽけっと
のお祭り』[15](1971) 등이다. 이렇게 작품들을 열거한 이유는 누가 어떤
작품을 썼는지 알려 주기 위해서가 아니다. 이제 일본 어린이문학도
'놀이'의 즐거움을 이야기의 형태로 어린이들에게 제공할 수 있게 되었
다는 말을 하고 싶기 때문이다.

　물론 이것들이 모두 난센스 이야기는 아니다. 그러나 적어도 '놀이'
가 있는 작품이다. '이것이 바로 난센스다'라고 말할 수 있는 작품의 등
장은 앞으로 남은 과제일 것이다. 그러나 이처럼 '놀이'가 있는 작품을
통해 '이상한 세계'가 어린이들 앞에 펼쳐지기 시작하는 것은 분명 즐
거운 일이다. 그것이 어떤 즐거움을 전하는지는 후나자키 요시히코(舟
崎克彦)와 후나자키 야스코(舟崎靖子)의 『쇠망치와 꽃장군_トンカチと
花將軍』(1971)을 보면 알 수 있다.

　이것은 어느 날 쇠망치라는 소년이 꽃을 찾으러 가려는 이야기이다.
쇠망치는 사쿠라짱의 생일날 꽃을 선물하기로 한다. 그런데 "요즘은 아
무리 둘러봐도 꽃이 보이지 않는다." 그래서 꽃을 찾으러 떠났는데, 함
께 가던 개를 잃어버려 개를 찾아 헤맨다는 줄거리이다. 줄거리는 이것
뿐이다. 그러나 '이상한 세계'의 재미는 줄거리에 있는 것이 아니다. 그
속에서 벌어지는 사건 하나하나에 있다.

　쇠망치는 공터의 '홈런 벽'을 빠져나가 숲으로 들어간다. 갑자기 함

께 가던 개가 달리기 시작한다. 개 이름은 '안녕'. 안녕은 희고 둥근 것을 좋아한다. 덤불 속에서 뭔가 희고 둥근 것이 언뜻 보인다. 안녕은 그것을 쫓아 달리기 시작한다. 쇠망치도 안녕을 쫓아 달린다. 그러나 안녕의 모습은 보이지 않는다.

숲을 지나 이상한 세계로 들어간 쇠망치는 갖가지 생물을 만난다. 우선 쟈보친스키. 이것은 생물이 아니다. 작은 물웅덩이다. 쟈보친스키의 특기는 이름짓기. '안녕'이라는 이름은 좋지 않으니까, 개 이름을 '좋은 아침'으로 바꾸라고 한다. 숲을 빠져나가자 온통 꽃밭이다. 그곳에 서 있는 것이 '아네모네 저택'이다. 이곳의 첫 번째 주인은 샴 고양이이다. 이름은 '사차원'. 그 고양이는 쇠망치로서는 상상도 할 수 없는 '실리카겔'이라는 것을 찾고 있다. 두 번째 주인은 곰 '붕붕'. 붕붕의 지능은 내일 다음이 모레라는 것을 아는 정도. "모레 다음은?" 하고 물으면 "그저께" 하고 대답한다. 세 번째 주인은 미국너구리로, 이름은 '토마토'. 토마토는 이 아네모네 저택의 최고 장서가로, 책은 반드시 필요한 것이라고 쇠망치에게 강조한다. 토마토는 늘 사전에 발을 얹고 자고 논문집을 햇빛 가리개로 쓴다. 토마토의 취미는 카드놀이이다. 오른손과 왼손에 각각 카드를 나누어 쥐고 오른손은 자신, 왼손은 상대방이라고 정한 다음 카드를 쥔 양손으로 주먹다짐을 한다. 그리고는 항상 오른손이 이겼다고 자랑한다. 네 번째 주인은 장군. 장군의 전쟁 상대는 자기 자신, 곧 자신의 재채기이다. 온 세상의 꽃이란 꽃은 죄다 꺾어 오는 이유는 재채기가 낫는 꽃을 찾기 위해서이다. 다섯 번째 주인은 하늘을 나는 말. 그 이름은 슈텐사쿠. 배가 바닥에 닿을 정도로 다리가 짧다.

쇠망치는 이들과 함께 살면서 '안녕'을 찾아다닌다. 이 이야기의 재미는 온통 이상한 인물들만 등장하는데도 전혀 이상하게 느껴지지 않는 '이상한 세계'라는 점에 있다. 예를 들면, 어느 날 쇠망치는 강가에 갔다가 물결에 떠내려온 종잇조각을 발견한다. 놀랍게도 거기에는 서툰 글씨로 '나는 살해당했다'고 쓰여 있다. 함께 있던 토마토는 글을 읽을 줄 모른다. 그래서 쇠망치가 설명해 주자, 토마토는 벌벌 떨면서 말한다. "휴우, 이거 큰일이군. 글을 읽을 줄 모르기에 망정이지, 읽을 줄 알았다면 난 틀림없이 굉장히 무서워했을 거야." 또 다른 종잇조각이 떠내려온다. 이번에도 역시 서툰 글씨로 이렇게 쓰여 있다. '이보다 더 무서울 수 없다'. 쇠망치는 흠칫거리는 토마토를 끌고 강 상류로 가 본다. 그러자 나무 옆에 진흙 책상이 놓여 있고, 그 앞에 푸른 개구리 한 마리가 앉아서 연필에 침을 묻혀 가며 글을 쓰고 있다. '나는 살해……'라는 글을 연방 썼다가는 찢어서 강에 던져 버린다. 쇠망치가 왜 그러냐고 묻자, 개구리는 진지한 얼굴로 대답한다. 정신 수양을 위해 날마다 글씨 연습을 하고 있다고. 그리고 그 본보기 글씨가 『나는 살해당했다』라는 추리 소설의 표지이다. '이보다 더 무서울 수 없다'는 그 책의 부제이다. 개구리는 글을 읽을 줄 모른다. 그러나 개구리의 말에 따르면 글은 읽는 것이 아니라 쓰는 것이다.

쇠망치 이야기는 이처럼 기묘한 인물의 엉뚱한 행동으로 채워져 있다. 독자는 이 숲에 들어가 교훈을 얻지 않는다. 마지막에 나오는 수리부엉이의 이야기에 인생의 교훈이 약간 드러나지만, 그 밖의 등장인물과 만남은 우스꽝스러움으로 가득하다. 그것은 진지하게 터무니없는 짓을 하고 있는 생물들과 만남이다. 하지만 그 행동을 비웃는 발상은 없다. 쇠망치도 마찬가지이지만, 독자는 웃음을 터뜨리거나 어이없어 하면서도 그들을 사랑스럽게 여긴다.

만약 이 이야기를 인생에 관해 뭔가를 말하려 한 작품으로 받아들이고 주제만을 끄집어 낸다면 어떻게 될까. '꽃을 사랑합시다'와 같은 공원의 팻말 같은 것을 손에 넣을 뿐이다. 이 '이상한 세계'는 생선뼈를 발라 내듯이 이야기에서 가르침이나 메시지를 끄집어 내라고 만들어진 것이 아니다. 물고기에게 뼈는 없어서는 안 될 소중한 것이지만 인간은 뼈를 먹지 않는 법이다. 뼈를 둘러싸고 있는 살을 먹고 그 맛을 즐기는 법이다. 그것과 마찬가지이다.

'놀이'는 이런 재미를 즐기는 일이다. 독자가 그 세계 속에 들어가 쇠망치가 되고 쟈보친스키가 되는 일이다. 자신이 속해 있는 현실 세계를 뛰어넘어 또 다른 세계로 비약하는 일이다. 이 세계, 또 다른 세계는 말로 이루어진 자유로운 영역이다. 구속하거나 규제하거나 형식을 중시하는 일은 전혀 없다. 인간은 일상 생활에서 잃기 쉬운(또는 잃어버린) 자유의 존재를 말의 세계 속에서 깨닫는다. '놀이'는 그런 인간의 해방과 이어져 있다.

만약 인간이 평소에 익숙한 이 일상적 세계만을 세계라고 생각하고 갖가지 규칙 속에 사는 것만을 유일한 삶의 방식이라고 생각한다면 세계는 얼마나 좁고 어둡고 옹색하겠는가.

그뿐 아니다. 그런 인간의 사고 방식을 '올바른 자세', '성실한 삶의 자세'로서 어린이들에게 강요하고 '놀이'를 빼앗아 버리면 어떻게 되겠는가. 이 일상 세계의 현상만을 유일한 세계로 알고 자라난 어린이는 이윽고 어른이 되었을 때 그들의 부모 세대 이상으로 딱딱하고 '진지한' 세계를 만들 것이다. 거기에 어떤 자유가 있을까. 거기서는 자유라는 이름으로 인간의 가능성을 더욱 억압할지도 모른다. 인간이 상상하는 것 자체를 범죄로 여길지도 모른다.

어린이에게 '놀이'가 필요한 것은 신체 발달 때문만은 아니다. 어린이의 내적 세계에 잠들어 있는 인간의 모든 가능성을 깨우쳐 주기 위해서이기도 하다. 적어도 어린이문학의 존재 이유 가운데 하나는 이것이 분명하다. '어린이문학이란 무엇인가'라고 할 때, 이 점을 간과해서는 안 된다. 이것은 난센스 이야기나 '놀이'가 있는 이야기뿐 아니라 어린이문학 전체와 관련된 사항이다. 이것이 시작이며 끝이다. 그와 동시에 어린이문학이 문학의 한 장르라는 사실을 명확히 드러내는 점이기도 하다.

5

어린이문학이란 무엇인가

넓이와 깊이

이 책에서 나는 갖가지 어린이 책을 예로 들었다. 그것은 '어린이문학이란 무엇인가'를 구체적으로 제시하기 위해서였다. 그와 동시에 현대 어린이문학이 어디에 와 있는지를 나타내기 위해서이기도 했다. 어디까지라고 할 때, 넓이와 깊이라는 두 가지 면이 있다.

넓이는 어린이문학이 만들어 내는 '신비한 세계'나 '이상한 세계'를 가리킨다. 이와 더불어 『내가 나인 것』이나 『클로디아의 비밀』처럼 '현실 세계'가 있다. 『한밤중 톰의 정원에서』나 『마루 밑 바로우어즈』의 '신비한 세계'는 판타지라고 한다. 그리고 저 유명한 루이스 캐럴(Lewis Carroll)의 『이상한 나라의 앨리스_Alice's Adventures in Wonderland』 (1865)나 『우리 마을』 같은 '이상한 세계'는 난센스 이야기이다. 이 정의가 거의 굳어져 있다. 그러나 여기서는 개론식 정의는 문제가 되지 않는다. 문제는, 가령 이렇게 세 가지 방향으로 분류할 수 있다면 그 세계가 각각 어떤 형태로 어린이 독자와 관련을 맺고 있는가, 무엇을 어떤 식으로 전달하는 세계인가 하는 점이다.

어린이문학의 본질은 어린이 속에 잠재해 있는 인간의 가능성에 형태를 부여하는 것이라고 했다. 다양한 인물, 갖가지 사건을 통해 그 가능성을 표현하는 것이라고 규정했다. 이 규정에 따라 어린이문학의 세 공간(세 방향 또는 세 가지 방법이라고 해도 좋다)을 돌아보면 다음과 같다.

현실 세계는 어린이의 일상 세계를 묘사하고, 그 속에 있을 수 있는 인간의 모습, 있어야 하는 인간의 모습을 탐구한다. 판타지는 일상 세계 너머(또는 일상 세계 안)에 '또 하나의 세계' '신비한 세계'를 만들어 내고 그 별세계를 그려 냄으로써 인간 본연의 모습을 추구한다. 난센스는 이 일상적 세계를 뒤집어(거기서 통용되는 기성의 가치관을 깨부수어) '이상한 세계'를 만들어 내고, 인간이나 세계가 이상해질 수 있다(이상한 것과 만날 수 있다)는 형태로 인간 속에 있는 가능성을 찾는다.

그러나 이 세 가지 방법이 항상 명확하게 분리되어 있는 것은 아니다. 『이상한 나라의 앨리스』의 경우, 일단 난센스로 분류했지만 앨리스가 토끼 굴에 뛰어들어 모험을 하기 전인 앞부분에는 '현실 세계'가 존재한다. 앨리스는 토끼 굴을 '통로'로 별 세계로 들어간다. 이런 점에서 보면 판타지라고 해야 할 것이다. 그러나 토끼 굴을 지나 도착하는 세계는 이른바 '신비한 세계'가 아니라 '이상하고 이상하고 이상한 세계'이다. 구체적 작품은 분류 방법에 규제되지 않는다. 분류 가능한 방법을 서로 조합하여 성립한다. 방법이 있고 작품이 있는 것이 아니라 작품이 있고 난 뒤에 방법이 추출되는 것이다.

어린이문학에는 넓이와 깊이, 두 가지가 있다고 했다. 넓이에 관해서는 앞에서 말한 대로이다. 한편 깊이는 사상의 형상화라고 할 수 있다. 이때 사상은 어린이 책 작가 자신의 사고 방식이나 생활 방식의 문제이며, 이것이 얼마나 세밀하게 형상화되어 있는가 하는 것이 문제이다.

아무리 자유로운 어린이관을 갖고 있다 해도, 그것이 그대로 생동감 있는 형태를 갖지 못한다면 관념의 전달이나 포교로 끝나 버릴 것이다. 또 '놀이'의 필요성을 충분히 인식하고 있더라도, 어린이가 자유로이 즐길 수 있는 세계를 그려 내지 못한다면 결국 작가의 신념을 증명하는 것으로 끝날 것이다. 전쟁에 대하여, 공해에 대하여, 또는 특정의 사회적 신념이나 신조에 대하여 작가가 아무리 정열적으로 말하더라도, 그것이 인간과 깊이 관련된 문제로서 개인과 개인의 갈등 또는 개인의 내적 갈등을 통해 그려지지 않는다면 작가 한 사람의 정의감을 표현하는 것으로 끝나 버린다. 이렇게 되면 어린이 독자들은 책 속에서 설교만 발견할 뿐 이야기를 만날 수 없다. 그런 책은 교과서의 연장이며 어른들이 입버릇처럼 말하는 '~해야 한다'의 공허한 메아리에 지나지 않기 때문이다.

아이들이 원하는 것은 무엇보다 가슴이 두근거리는 이야기, 가슴이 설레는 재미이다. 작가는 이처럼 '가슴이 두근거리고 설레는' 이야기를 썼을 때 비로소 자기 사상의 형상화에 성공한다. 자신이 말하고자 하는 것이 어린이들에게 전해진다. 그때 작가인 어른은 독자인 아이들과 함께 이 일상 세계의 규제를 뛰어넘은 지점으로 빠져나올 수 있으며, 인간의 가능성을 분명히 발견할 수 있다. 뛰어난 어린이 책 속에는 한결같이 이런 자유로운 세계가 펼쳐져 있다. 어른이 어린이 책에 몰두할 수 있는 것도 이 때문이다.

어린이 · 어른 · 인간

우선 인간이란 말에 주석을 달 필요가 있다. 이 책에서 나는 어린이 · 어른 · 인간이라는 말을 일부러 혼동해서 사용했다. 혼동하도록 만들었다. 그 이유는 다음과 같다. 어린이는 인간이고 어른도 인간이다. 인간이라는 말은 어른과 어린이를 동시에 포함하고 있다. 어린이는 자라서 어른이 될 것이고 어른도 지난날에는 어린이였다. 거기에는 인간으로서 격

차가 없다. 어린이를 이야기하는 것은 인간을 이야기하는 것이며, 인간을 이야기하는 것은 어른을 이야기하는 것이다. 어린이와 어른은 인간으로서 공통성을 가질 수 있다. 나는 이 책에서 어린이와 어른의 격렬한 대립을 출발점으로 삼으면서도 항상 양자의 공통성을 이야기했다. 이것이 어린이 · 어른 · 인간이라는 말을 혼동해서 사용한 이유이다.

물론 어린이는 어린이의 독자적인 세계를 지니고 있다. 그 점은 F. 몰나르(F. Molnaàr)의 『팔 거리의 소년들』(1907)이나 피어스의 『아주 작은 개 치키티토_A Dog So Small』(1962)를 보면 알 수 있다. 어른은 사소하게 여기는 것이라도 어린이는 자신의 모든 것을 걸고 소중히 여긴다. 『팔 거리의 소년들』에서 네메체크 에르네라는 헝가리 소년은 놀이터인 목재소를 지키기 위해 목숨을 건다. 또 『아주 작은 개 치키티토』에서 벤 블루잇이라는 영국 소년은 '겨우 개 한 마리'라고 어른들이 경시하는 동물 때문에 생명의 위험도 무릅쓴다. 이들 이야기에는 어린이가 어린 시절을 힘겹게 살아가는 모습이 묘사되어 있다. 만약 어른들이 이 책을 읽으면 뭐라고 할까. 그깟 놀이터, 겨우 개 한 마리 때문에……라고 할까? 아마 그렇게 말하지 못할 것이다. 혹시 별 생각 없이 그렇게 말하는 어른이 있다면, 그 사람은 자신의 협소함에 눈이 멀어 있는 것은 아닐까. 자기 속에 있는 지난날의 그 근사한 인간다움이 때묻고 닳아 있는 것은 아닐까.

어린이는 독자적인 세계를 갖고 있다. 그것은 분명하다. 그러나 어린이가 영원히 그 독자적인 세계를 갖고 살 수 있는 것은 아니다. 어른과의 관계에서 어른처럼 행동해야 할 경우가 있다. 존 로 타운젠드(John

Rowe Townsend)의 『검블 정원_Gumble's Yard』(1961)과 속편인 『검블
정원이여 안녕_Good-Bye to Gumble's Yard』(1965)이 그것을 잘 나타
내고 있다.

　『검블 정원이여 안녕』에서 캐빈과 산드라라는 아이들은 지독한 가난
속에서 게으른 아저씨 부부를 도우며 꿋꿋이 살아간다. 그 모습은 감동
적이다. 이것은 단순한 가난 이야기가 아니다. 가난 이야기는 동정심으
로 독자의 눈길을 끌려 한다. 그러나 타운젠드가 그리는 세계는 어떤
상황에서도 자신의 모습을 확인하며 한 걸음씩 성장해 나가려는 힘찬
기운으로 가득하다. 그리고 지극히 개성적인 어린이상이 있다. 여기에
서 어른과 어린이의 입장은 역전되어 있다. 어른은 생활에 지쳐서 어린
이를 보호해 주지도 못한다. 어른이 맡아 해야 할 사회적 책임을 모두
어린이가 떠맡는다. 그런 점에서 이것은 어린이 속에 존재하고 있는 어
른의 이야기라고 할 수도 있다. 또 다른 타운젠드의 『지옥의 끝_Hell's
Edge』(1963)도 마찬가지이다.

　어린이 속에 어른이 살고 있다면 어른 속에도 어린이가 살고 있다.
그것을 생생하게 그린 작품이 이탈로 칼비노(Italo Calvino)의 『나의 사
랑 먀르코발도_Marcovaldo』(1963)이다. 마르코발도 씨는 자식이 많은
노동자로, 즐거움과는 완전히 동떨어져 살고 있다. 집은 좁고 네온 불
빛 때문에 눈이 부시고 더구나 추위와 더위는 끔찍할 지경이다. 그런
출구 없는 생활 속에서도 마르코발도 씨는 절망하지 않는다. 항상 꿈을
가지고 현실을 가늠하려고 한다. 그것은 실패의 연속이다. 그러나 마르
코발도 씨는 포기하지 않는다. 웃음이 터질 듯한 실패를 향해 끊임없이

나아간다.

이 어른의 모습을 본 어른들은 남의 일같이 여겨지지 않을 것이다. 그와 동시에 그 위대한 '즉흥적 착상주의'에 저도 모르게 친근감을 느낄 것이다. 거기에는 어른이 마치 어린아이처럼 외곬으로 꿈을 좇는 모습이 그려져 있다. 어른인 동시에 어린이인 인간의 모습이 있다. 이탈로 칼비노는 그런 인간의 모습을 유머와 페이소스를 섞어 묘사했다.

또 하나의 어린이 세계

어린이를 그리는 것은 인간을 그리는 것이다. 인간을 그리는 것은 삶의 기쁨 또는 슬픔을 그리는 것이다. 그것은 분명하지만 반드시 현실을 그대로 옮기는 것만은 아니다. 아무리 현실을 그대로 옮겨 놓은 것 같은 이야기라 해도 그것은 현실에 대치된 '또 하나의 세계'이다. 이 세계의 슬픔이나 기쁨은 넓이와 깊이를 가지고 있다. 어린이문학의 방법과 사상에서 말한 넓이와 깊이가 작가를 중심에 두고 한 말이었다면, 여기서 말하는 것은 독자를 중심에 둔 넓이와 깊이이다.

현실의 개인이 흘리는 눈물 또는 웃음은 문자 그대로 당사자 개인의 슬픔이나 기쁨의 표현으로 끝난다. 그러나 만들어진 '또 하나의 세계'의 그것은 개인을 넘어 모든 인간에게 전해진다. 슬픔을 겪지 않고 살고 있는 사람도 이 '또 하나의 세계'에 들어가면 타인의 슬픔에 눈물을 흘릴 수밖에 없다. 적어도 그것이 뛰어난 '또 하나의 세계'라면 말이다. 변화 없고 지루한 인생을 살고 있는 사람도 이 세계의 주민이 되면 지루하지 않은 인생을 발견할 것이다. 일상 세계에서는 사회적 위치, 가정 환경, 개인적 성격 등에서 이질성을 지니고 공존하는 사람도 이 세계에서는 동일한 하나의 체험에 몸을 맡긴다. 이것이 이야기 세계가 갖고 있는 넓이이다.

깊이란 이야기 세계가 제공하는 하나의 체험을 독자 개개인이 어떻게 받아들이느냐 하는 것이다. 받아들이는 깊이는 개인마다 다르다. 그러나 정도의 차이에 관계 없이 공통으로 할 수 있는 말이 있다. 그것은 현실에 대치된 '또 하나의 세계'를 통과함으로써 사람은 타인의 슬픔을 함께 슬퍼하는 자신을 발견하고, 타인의 기쁨을 함께 기뻐할 수 있는 가능성이 자기 속에 있음을 발견한다는 것이다.

이것을 확인하고 싶다면 앞에서 말한 벨라 발라즈의 『참하늘빛』(1925)이나 현대 어린이문학인 야마시타 유미코(山下夕美子)의 『미안해봇코_ごめんねぼっこ』(1969)를 펼쳐 보라. 독자는 자기 머리 위의 하늘뿐 아니라 또 하나의 하늘을 발견할 것이다. 그리고 믿기 어려운 일이지만, 자신 옆에 자기와 똑같이 생긴 또 하나의 자신이 나타나 서로 이불을 끌어당기는 그 신비함에 무심코 웃음을 터뜨릴 것이다.

어린이는 그러한 체험을 통해 인간의 가능성을 발견한다. 그리고 그 가능성을 키운다. 어린이문학은 그 가능성에 형태를 주는 세계이다. 어린이가 존재하는 것만으로 하나의 세계가 이루어져 있다면 어린이문학은 그 세계의 가능성에 형태를 부여하는 '또 하나의 어린이 세계'이다.

| 맺 음 말 |
'한눈파는 즐거움'

지독히도 성미가 급한 나는 책을 들면 우선 '머리말'이나 '맺음말'부터 읽는다. 때로는 '머리말'만 읽고 그 책을 다 읽은 양 잘난 척하며 남 앞에서 떠벌리기도 한다. 이쯤 되면 자신의 자만심에 스스로도 질려 버린다. 책의 저자는 독자들이 '머리말'이나 '맺음말'을 읽어 주기 바라며 책을 쓰지는 않았으리라. 그것을 잘 알면서도 '머리말'이나 '맺음말'을 들추게 된다. 이것은 어린이들의 짓궂은 장난인 '치마 들추기'와 어딘가 닮아 있다. 예전에 책 한 권을 집필할 기회가 있었을 때, 나는 스스로를 경계하겠다는 각오로 이런 내용을 '맺음말'에 쓴 적이 있다. 그러나 여전히 이 각오가 무색한 까닭은 무엇일까.

지독히도 성미가 급하다는 말로 내 성격을 표현했는데, 사실은 지독한 게으름뱅이가 아닐까. 그 증거로 지금도 나는 책상 앞에 앉아 책을 정독하지 못한다. 그런 성실한 독서법은 도통 자신이 없다. 바닥에 누워 뒹굴거리며 '머리말'을 읽고는 엉뚱한 공상에 젖는 것이 훨씬 즐겁다. 페로의 『빨간 두건』의 주인공은 할머니네 집으로 간다는 목적이 있으면서도 꽃을 꺾고 있었다. '한눈파는 즐거움'에 푹 빠져 있었다. 덕분에 늑대가 앞질러가 소녀를 잡아먹는다. 물론 '한눈을 팔았다'는 것을 나무라는 '교훈주의'적 시각도 있지만, '한눈파는 즐거움'을 모르고 사는 인생이 무슨 의미가 있을까. 세상에는 책을 읽는 것을 뭔가 신성한 의식쯤으로 생각하는 사람도 있다. 그러나 '독서의 즐거움'이란 원래 성실한 인간에 대한 '한눈팔기의 권유'가 아닐까?

안타깝게도 현대는 '한눈팔기의 사상'보다 '근면 성실의 사상'이 활개치는 시대이며, 인간을 비좁은 상자 속에 틀어넣고 그것을 '정상'이라고 생각하는 경향이 있는 시대이다. 왜 우리는 지칠 대로 지친 어른들의 세계로 그토록 서둘러 어린이들을 끌어들이려 하는 것일까. 인생에서 '한눈파는 즐거움'을 한 권의 책을 통해 어린이에게 보여주는 것이 그렇게 나쁜 일인가?

그런데 게으름뱅이가 쓴 이 책은 뜻밖에도 '한눈팔기의 권유'와는 거리가 먼 것이 되고 말았다. 장거리 코스를 단거리 선수처럼 빠른 속도로 쉼없이 달려온 듯한 느낌도 있다. 결승점에서 뒤돌아보니, '달리는 것만이 능사가 아니다'는 말이 절실히 느껴진다. 그것은 내가 이 책에서 현대의 어린이문학이 흔히 문학이라는 것의 '부록'이 아니라는 것, 또 목욕비나 입장료처럼 '반값'의 문학이거나 '어린이 할인'의 문학이 아니라는 것을 이야기하는 데 급급했기 때문이리라. 문학의 장르로 시와 소설, 평론 등을 꼽는다. 물론 어린이문학도 여기에 당당히 포함된다. 그러나 앞으로는 어린이문학은 문학 전반에서 독립하여 하나의 독자적인 장르가 되지 않을까(아니, 이미 독자적인 장르라는 생각이 없는 것도 아니다. 그것은 만화가 그림이나 영화와는 또다른 하나의 세계를 형성하고 있다는 점에서도 추측할 수 있다)?

이 책은 다음과 같은 사람들을 위해 썼다. '어린 시절 따위 벌써 졸업했어'라고 생각하는 사람. '어쩐지 어린이 책이 좋다'고 생각하는 사람. 좀 딱딱한 표현이지만 '어린이에게 문학이란 무엇인가'에 대한 답을 얻으려는 사람. 즉 어린이문학에 등을 돌리고 있는 사람에서 그렇지 않은 사람까지 포함하고 있는 것이다.

이것은 분명 전래 동화 「혹부리 영감_こぶとり昔話」에 나오는 욕심쟁이 영감의 심보이다. 왜냐하면 어린이문학 안내서도 아니고, 어린이문학사도 아니고, 개론서나 연구서나 작품 소개서도 아니라고 밝혀 놓고도 이 모든 것을 함께 다루어, 결국 이 책 전체가 '어린이문학이란 무엇인가'를 이야기하는 책이었으면 하고 바랐기 때문이다.

성미 급하고 게으르며 욕심까지 많은, 이 불균형한 내가 가까스로 균형을 유지할 수 있었던 것은 이 책을 쓰라고 권유하신 중앙공론신사(中央公論新社)의 가노 노부오 씨 덕분이다.

이 책에서 다루었던 재미있는 책의 작가, 그리고 뛰어난 어린이 책의 원작자와 번역자에게 진심으로 감사한다. 책 끝에 '이 책에서 다룬 책'

일람표를 실은 것은 그 감사의 마음을 표현하기 위해서이다. 또 재미있는 그림으로 책을 꾸며 주신 초신타 씨에게도 감사한다.

1972년 우에노 료

인간의 문학으로서 어린이문학

어린이를 그리는 것은 인간을 그리는 것이다. 인간을 그리는 것은 삶의 기쁨 또는 슬픔을 그리는 것이다. (본문 중에서)

일본의 어린이문학 평론가 우에노 료(上野瞭) 교수는 1967년 자신의 첫 평론집 『전후 어린이문학론_前後兒童文學論』에서 태평양 전쟁 이후 일본 어린이문학이 불모화된 원인을 어린이문학 종사자들의 "현실 인식 부재"라고 보았다. 곧 전후 민주주의 운동 속에서 대부분의 어린이문학 관계자들이 민주주의라는 '주의'를 절대적 가치 그 자체로 받아들임으로써 그 주체인 '인간'의 문제가 뒷전으로 밀려났고, 이러한 상태에서 '인간의 문제를 그려야 할' 문학은 자신의 본질을 상실한 채 뼈대만 앙상한 관념의 포교로 전락하고 말았다는 것이다.

이러한 우에노 료의 관점은 그 후 자신의 문학 평론에서 존재와 문

학, 곧 인간과 문학이라는 관점으로 일관되게 나타난다. 『현대 어린이문학_現代の兒童文學』에서도 우에노 료는 거창하고 복잡한 문학 이론 이전에 그 문학이 서 있는 현실적 바탕과 현실의 중심에 서 있는 주체, 곧 어린이를 어떻게 바라볼 것인가 하는 문제가 어린이문학관에 반영되고 작품의 내적 기초로 작용한다는 사실을 지적하고 있다. 이는 공교롭게도 60여 년 전 프랑스 문학평론가 폴 아자르가 세기의 고전이 된 『책·어린이·어른』에서 지적한 내용과 정확히 일치하고 있다. 어른이 부동의 가치관을 가진 절대자로서 어린이를 지도하려고 하는 '어린이문학'은, 그 문학을 향유하는 주체인 어린이의 자유로운 영혼과 상상력을 억압하는 것으로 어른이 만든 권위적 질서를 끊임없이 재생산하려는 발상의 결과물일 뿐이라는 이야기다.

따라서 우에노 료는 참된 어린이문학이 존재하기 위해서는, 어린이문학 관계자들이 먼저 어린이도 '인간'이라는 사실에 주목해야 한다고 말한다. 그럴 때만이 누군가를 가르치기 위해 글을 쓰는 것, '어린이한테 맞게' 또는 '어린이를 의식해서' 글을 쓰는 것이 아니라, 한 사람의 인간으로서 스스로를 돌아보고 스스로에게 묻기 위해 글을 쓸 수 있으며, 그때에야 비로소 어린이문학은 '인간의 문학'으로서 참된 문학적 가치와 내용을 담보할 수 있다고 본다.

이러한 우에노 료의 생각 속에는 어린이도 성장하면 언젠가 자기 자신을 돌아보는 날이 올 것이며, 그때 그들이 '살아갈' 힘이 될 수 있는 작품이야말로 참된 어린이문학 작품이라는 문학관이 짙게 깔려 있다.

그렇기 때문에 우에노 료는 '재미'와 '상상력'을 경시했던 일본 어린이문학에 대해 날카롭게 비판하면서, 어린이문학이 무엇보다도 어린이들에게 즐거움을 줄 수 있어야 한다고 지적한다. 여기에 우에노 료가 이 책에서 지적하는 또 하나의 문제가 연관되어 있다. 그의 말대로 한 사람의 어린이문학가가 아무리 자유로운 어린이관을 가지고 있다고 할지라도, 그것이 하나의 문학 작품인 이상 '문학적 형상화 기술'이 문제시된다. 문학적 작품성과 그 가치는 결국 그 작품이 문학적으로 얼마나 뛰어난가 하는 문제와 닿아 있고, 이 지점은 곧 어린이에게 얼마나 호소력 있는 작품으로 다가갈 수 있느냐 하는 문제와 직결되기 때문이다. 요컨대 문학적 형상화의 문제는 '문학'으로서 갖추어야 할 함량에 관한 문제이며 작가적 역량에 관한 문제로, 우에노 료의 이와 같은 지적 속에는 전후 민주주의 운동 속에서 '정치적 잣대'로 문학을 예단해 왔던 오류에서 벗어나 문학이 문학답게 자신의 고유한 기능을 회복해야 한다는 생각이 절실하게 깔려 있다.

우에노 료는 어린이문학을 쓰는 일이 "무엇보다 '두근두근 가슴이 설레는' 독자적인 세계를 창조해 내는 일이다. '있을 수 없는 세계'의 '있을 수 없는 일'을 '있을지도 모르는 세계'의 '있을 법한 일'로 그리는 일"이라면서 "일본 어린이문학의 세계에는 '인생을 어떻게 살 것인가'나 '왜곡된 사회에 어떻게 대항할 것인가'를 이야기한 작품에 높은 평가를 주는 경향이 있고, 그런 기준에서 이야기를 바라보는 사람이 많다. 그 결과 이야기가 갖고 있는 '두근두근 가슴이 설레는' '재미'가 경시되고 이야기 속의 의미만을 뽑아 내는 잘못된 '독서법'이 옳다고 여기는 경우도 있었다. 그러나 생선의 뼈만 발라 내어 '이것이 생선이다'

라고 한다면 생선을 이해할 수도 없고 생선 맛을 볼 수도 없다. 뼈밖에 없는 이야기는 이야기가 아니듯이, 뼈밖에 보지 않는 독서법으로는 도 저히 책을 읽었다고 할 수 없을 것이다."고 지적한다.

이러한 성찰 속에서 우에노 료는 일본의 현대 어린이문학의 과제를 다음과 같이 명쾌하게 제시한다. 그것은 비단 일본 어린이문학계뿐 아 니라 세계 어린이문학계에 던지는 화두가 아닐까 싶다.

현대의 어린이문학도 이 뿌리깊은 어린이관과 맞서 싸워야 했다. 현 대 어린이문학은 어른들의 고정관념을 어떤 형태로 무너뜨리고, 어린 이의 독자적인 세계를 어떤 형태로 표현할 것인가. 바로 이것이 현대 어린이문학의 과제이다. 현대 어린이문학은 어린이관의 전환을 목표 로 하는 동시에 문학으로서 전환을 목표로 한다. (본문 중에서)

우에노 료는 2002년 1월 27일에 세상을 떠나기 전까지 트로츠키의 『러시아 혁명사』를 머리맡에 두었다고 한다. 비록 혼자서는 몸을 움직 일 수도 없는 암환자였지만, 그의 정신만은 늘 깨어 있었다. 지금은 고 인이 된 그의 예리한 분석과 통찰력에 새삼 경의를 표하며, 뒤늦게 활 황을 맞이한 한국 어린이문학계에 우에노 료의 혜안이 좋은 타산지석 이 되기를 기대한다.

햇살과나무꾼

1)러시아 특유의 물 끓이는 기구로, 물이 비교적 빨리 끓고 보온성도 뛰어나다.

2)바쿠후 말기의 지사.

3)동화 작가. 일본 근대 어린이문학사에 가장 큰 영향을 끼친 인물이다.
『빨간 양초와 인어』 등의 작품이 있다.

4)1912~1926.

5)미야자와 겐지의 작품으로, 그 원형은 1924년에 썼다고 추정된다.
이후 여러 차례 수정하여 1933년 경 완성한 듯하다.

6)스즈키 미에키치가 편집했던 동화·동요 잡지이다.
1918년에 휴간한 뒤 1931년에 복간되었다가 1936년에 폐간되었다.

7)소설가이자 동화 작가이며 출판인이었다. 동화 잡지 『빨간새』를 발행했다.

8)일본의 대표적인 출판인이다. 일본 어린이문학 발전에 큰 공헌을 했다.

9)『나무 그늘 집의 소인들』에 나오는 일본 토착 소인이다.

10)나이지리아의 식민지로 1967년 독립을 선언했다가 1~3만 명이 학살되었다.

11)1967년경을 가리킨다.

12)일본어에서 '돌고래'는 '있다'의 의문형인 '있나?'와 발음이 같다.
따라서 이 시의 첫 행과 둘째 행은 '돌고래 돌고래 / 없나 있나' 또는
'돌고래 있나 / 없나 있나' 등으로 해석할 수도 있다.

13)네 사람 모두 일본의 유명한 시인이다.

14)일본 전국 시대의 닌자.

15)국내에는 『토통 여우』라는 제목으로 출판되었다.

찾아보기

ㄱ

『가출 권유_家出のすすめ』 33

가토 겐이치(加藤謙一) 54

『강으로 간 바로우어즈_The Borrowers Afloat』 127, 131, 132, 142

『걸리버 여행기_Gulliver's Travels』 135

『검블 정원이여 안녕_Good-Bye to Gumble's Yard』 201

『검블 정원_Gumble's Yard』 201

『검은 깃발 아래서_Under Black Banner』 145, 146, 151

『고전작가의 학교』 135

고지마 마사지로(小島政二郎) 60

『고통스러운 다니엘라』 162

『골짜기 밑에서_谷間の底から』 163

『구약 성서 이야기』 94

『그림 동화_Grimm's Fairy Tales』 78, 79, 101

그림 형제(Jacob Grimm, Wilhelm Grimm) 78, 127

『금배_金の船』 54

『기수와 그의 말_The Rider and His Horse』 167

기지마 하지메(木島始) 185

『기찻길 옆 아이들_The Railway Children』 158

기타하라 하쿠슈(北原白秋) 187

『꼬마 검둥이 삼보_The Story of Little Black Sambo』 48

『꼬마 모모짱_ちいさいモモちゃん』 188

『꽃을 묻다_花を埋める』 143

『꽃처마 마을과 도둑들_花のき村と盗人たち』 143

ㄴ

나가사키 겐노스케(長崎源之助) 164, 157

나가이 고(永井豪) 8

『나는 살해당했다』 191

『나무 그늘 집의 소인들_木かげの家の小人たち』 142, 144, 153, 154, 155, 159

「나의 독창적인 동화의 첫 시도」 77

『나의 말놀이 노래_私のことばあそびうた』 182

『나의 사랑 마르코발도_Marcovaldo』 201

나카 간스케(中勘助) 10

나카가와 리에코(中川李枝子) 188

『내가 나인 것_ぼくがぼくであること』 25,

28, 33, 34, 35, 44, 45, 197

『내가 어렸을 때에_Als ich ein kleiner Junge war』 9, 73

E. 네스빗(Edith Nesbit) 125, 157, 158

「노래놀이_歌あそび」 185

노마 세이지(野間清治) 61

「눈부신 공적」 171

『뉴욕타임스』 181

니이미 난키치(新美南吉) 142, 143, 144

『니이미 난키치에 관한 비망록_新美南吉に關する覺書』 143

ㄷ

다니가와 슌타로(谷川俊太郎) 182, 185, 188

다니엘 디포(Daniel Defoe) 140

다니오카 야스지(谷岡 ヤスジ) 7, 8

『다섯 아이들과 모래 요정_Five Children and It』 125, 157

『담해_譚海』 54

데라야마 슈지(寺山修司) 33

데쓰카 오사무(手塚治虫) 39

『도로로_どろろ』 39

『동요 및 기타에 대한 소견_童謠其他に對する小見』 186

『동요사관_童謠私觀』 187

『동화와 동요를 창작하는 최초의 문학적 운동_童話と童謠を創作する最初の文學的運動』 54

『동화_童話』 54, 185

「돼지치기 왕자」 102, 103, 111

『두 살에서 다섯 살까지』 65

드 라 메어 94

『들판으로 간 바로우어즈_The Borrowers Afield』 127, 131

「들판의 백조」 78

『똥이나 먹어라_くそくらえーだ』 8

『뛰는 것 기는 것_跳ぶもの匐うもの』 185

ㄹ

『러시아 혁명사』 211

『로빈슨 크루소_Robinson Crusoe』 140

C. S. 루이스(Clive Staples Lewis) 88, 89, 94, 98, 99, 109, 111

루이스 캐럴(Lewis Carroll) 197

ㅁ

『마루 밑 바로우어즈_The Borrowers』 116, 127, 128, 131, 134, 197

마르샤크 11

『마법사의 조카_The Magician's Nephew』 89, 90, 93, 94, 95, 96, 98, 99

『마법의 침대 손잡이_The Magic Bed-Knob』 116, 118

마인더트 디양(Meindert De Jong) 163

『마지막 전투_The Last Battle』 89, 90, 91, 93, 94, 97, 98, 99

마츠타니 미요코(松谷みよこ) 188

마크 트웨인(Mark Twain) 36, 39

『말과 소년_The Horse and His Boy』 90

『멍청이의 별_あほうの星』 157, 164

『메르퀴르_Mercure』 100

메리 노튼(Mary Norton) 111, 115, 116,
    127, 134, 136, 137, 138, 139, 141, 142,
    149, 156, 158
『메리 포핀스_Mary Poppins』 47, 48, 49,
    121
메트로폴리탄 미술관(Metropolitan Museum
    of Art) 38, 41, 42
『모닥불과 마법의 빗자루_Bonfires and
    Broomsticks』 116, 118, 137
『모모짱과 푸우_モモちゃんとプー』 188
F. 몰나르(F. Molnaàr) 200
『무협소년_武俠少年』 54
『물의 아이들_The Water Babies』 105,
    106, 107, 108
『미안해 봇코_ごめんねぽっこ』 203
미야자와 겐지(宮澤賢治) 60, 142, 143, 144
『미에키치와 '빨간새'_三重吉と '赤い鳥'』 59
미켈란젤로(Michelangelo) 42
A. A. 밀른(A. A. Milne) 53, 55, 56, 57, 60

ㅂ
『바람의 마타사부로_風の又三郎』 47
바쇼(芭蕉) 186
박문관(博文館) 54
『밤』 161
F. H. 버넷(Frances Hodgson Burnett) 47
「백설 공주」 127
벨라 발라즈(Bela Balazs) 16, 203
『별에서 떨어진 작은 사람_星からおちた小
    さな人』 159
『별의 아이』 162

『보물섬_Treasure Island』 188
『보쿠짱의 전쟁터_ボクちゃんの戰場』 163
『복숭아빛 기린_ももいろのきりん』 188
『불안의 밤』 162
『불의 눈동자_火の瞳』 163
〈블루 샤토_ブルー シャトー〉 177
블루 코메츠(ブルー コメッツ) 177
『비밀의 화원_The Secret Garden』 47, 48
『비행소년_飛行少年』 54
『빨간 두건』 205
『빨간 풍선_赤い風船』 180, 182
『빨간새_赤い鳥』 49, 53, 54, 55, 58, 59,
    60, 61, 62, 144, 185
「빵을 밟은 아가씨」 102

ㅅ
사오토메 가츠토모(早乙女勝元) 163
『사자와 마녀와 옷장_The Lion, the Witch
    and the Wardrobe』 89, 90, 96, 97
사토 고로쿠(佐藤紅綠) 188
사토 다다오(佐藤忠男) 61
사토 사토루(佐藤 さとる) 142, 147, 151,
    158
『산 너머는 푸른 바다였다_山のむこうは靑
    い海だった』 40, 45
『새벽 출정호의 항해_The Voyage of the
    Dawn Treader』 90, 97
『세계동맹_世界同盟』 59
『세계소년_世界少年』 54
『소국민_小國民』 54
『소년 구락부 시절_少年俱樂部時代』 54

『소년 구락부_少年俱樂部』 54, 61

『소년세계_少年世界』 54

「소년의 이상주의에 관하여_少年の理想主義について」 61

『소년의 이상주의_少年の理想主義』 61

『소년_少年』 54

『소를 매어 놓은 동백나무_牛をつないだ椿の木』 143

『쇠망치와 꽃장군_トンカチと花將軍』 189

스즈키 미에키치(鈴木三重吉) 53, 54, 55, 58, 59, 60, 62

『스케치북』 71

R. L. 스티븐슨(Robert Louis Stevenson) 101, 188

시드 플라이시만(Sid Fleischman) 45

시마키 아카히코(島木赤彦) 185, 187

시바타 미치코(柴田道子) 163

시사신보사(時事新報社) 54

시키(子規) 186

『신비한 눈을 가진 아이_ふしぎな目をした男の子』 159

실업지일본사(實業之日本社) 54

『심문』 162

쓰보타 죠지(坪田讓治) 59

ㅇ

『아귀도 강좌_メッタメタガキ道講座』 7

『아라비안 나이트』 123

『아무도 모르는 작은 나라_だれも知らない小さな國』 142, 144, 147, 150, 152, 154, 155, 159

『아주 작은 개 치키티토_A Dog So Small』 200

아카히토(赤人) 186

안데르센(Hans Cristian Andersen) 77, 78, 79, 81, 84, 101, 105, 109, 123, 127, 144

알브레히트 게스 162

앙리 아레그 162

야마나카 히사시(山中恒) 25, 28, 33, 34

야마시타 유미코(山下夕美子) 203

야마시타 하루오(山下明生) 188

얀 코트 135

『양우_良友』 54

「양파 중대가리_葱坊主」 185, 186

『어린 왕자_Le Petit Prince』 48

〈어린 풀의 기도〉 158

『어린이들을 위한 옛날 이야기_Eventyr, fortalte for b'on』 78

『어린이와 가정을 위한 옛날 이야기_Kinder-und Hausmärchen』 78

『어머니의 벗_母の友』 182

『어미 거위의 이야기_Contes de ma mere l'oye』 100

『언어와 침묵』 161

「엄지 동자」 127

「엄지 아가씨」 101, 103, 127

에구치 치요(江口千代) 59

에리히 캐스트너(Erich Kästner) 9, 10, 73, 74

에릭. C. 호가드(Erik. C. Haugaard) 167

엘리 위셀 161

「열두 왕자」 78

오가와 미메이(小川未明) 47, 49, 144

오시마 나기사(大島渚) 178

오츠코츠 요시코(乙骨淑子) 163

오쿠다 쓰구오(奥田繼夫) 163

『와하와하이의 모험_ワッハワッハハイのぼうけん』 188

「요한 계시록」 83

『우리 마을_Mon Village』 171, 172, 173, 174, 176, 180, 182, 197

우에노 료(上野瞭) 208, 209, 210

『60명의 아버지의 집_The House of Sixty Fathers』 163

「울부짖는 밀림_吼える密林」 61

H. G. 웰즈(Herbert George Wells) 123

『위니 더 푸우_Winnie-the-Pooh』 53, 55, 56, 57, 60, 62

『은 숟가락_銀の匙』 10

『은색의 계절』 11

『은의자_The Silver Chair』 90, 92, 97, 99

「이 호수에 보트 금지_No Boats on Bannermere」 145, 146

이누이 도미코(いぬい とみこ) 142, 147

이마에 요시토모(今江祥智) 40, 189

〈이상하고 이상하고 이상한 세계〉 173

『이상한 나라의 앨리스_Alice's Adventures in Wonderland』 197, 198

이와모토 도시오(岩本敏男) 180

이탈로 칼비노(Italo Calvino) 201

『인생의 시작에』 11

「인어 공주」 77, 78, 80, 84, 101

『일본소년_日本少年』 54

『일본어린이문학_日本兒童文學』 144

〈일본춘가고_日本春歌考〉 178

『자본론_Das Kapital』 107, 108

『작은 물고기_The Little Fishes』 167

〈작은 사랑의 멜로디〉 6, 13, 20, 21

「잠자는 숲 속의 미녀」 100, 101, 111

장 코(Jean Cau) 171, 176, 179

「전시하의 어린이문학, 또는 그것을 구명하기 위한 비망록_戰時下の兒童文學, あるいは, それを問い直すための覺書」 144

『전후 어린이문학론_前後兒童文學論』 208

『제국소년_帝國少年』 54

『제복의 처녀』 19

제프리 트리즈(Geoffrey Trease) 145, 146, 151

조나단 스위프트(Jonathan Swift) 135, 140

조지 스타이너 161

존 로 타운젠드(John Rowe Townsend) 200, 201

『종의 기원_The Origin of Species』 106

『주머니에 가득_ぽけっとにいっぱい』 189

『주머니의 축제_ぽけっとのお祭り』 189

『주문 많은 음식점_注文の多い料理店』 143

『중국 여행_中國の旅』 162

중앙공론신사(中央公論新社) 206

쥘 르나르(Jules Renard) 19

『지옥의 끝_Hell's Edge』 201

『지킬 박사와 하이드 씨_Dr. Jekyll and Mr. Hyde』 101

「착취의 법적 제한이 없는 영국의 산업 생산 부문」 108

찰스 다윈(Charles Darwin) 106
찰스 킹즐리(Charles Kingsley) 105, 108, 109
『참하늘빛』 16, 203
『책 · 어린이 · 어른』 209
「출애굽기」 132

ㅋ

카 체트예크 162
칼 마르크스(Karl Heinrich Marx) 107, 108
『캐스피언 왕자_Prince Caspian』 90, 96, 97
『커다란 뿔 수저로_By the Great Horn Spoon!』 45
E. L. 코닉스버그(E. L. Konigsburg) 35, 36, 46, 48, 49, 52
코르네이 추콜로프스키(Kornei Chukovskii) 11, 65, 66, 110
『콩알만한 작은 개_豆つぶほどの小さないぬ』 159
크리스타 윈스뢰 19
클라라 애슬 펭크호흐 162
『클로디아의 비밀_From the Mixed-up Files of Mrs. Basil E. Frankweiler』 35, 44, 45, 46, 197

ㅌ

『타임 머신_The Time Machine』 123
『톰 소여의 모험_The Adventures of Tom Sawyer』 36, 60, 61, 62
P. L. 트래버스(P. L. Travers) 47, 51, 121

트로츠키 211

ㅍ

『파렴치 학교_ハレンチ學園』 8, 9
「파리_繩」 164
『팔 거리의 소년들』 200
페로(Charles Perrault) 100, 101, 102, 127, 205
폴 아자르 209
『푸우 코너에 있는 집_The House at Pooh Corner』 58
피에르 다르망쿠르 100
『피챠샹_ぴいちゃぁしゃん』 163
필리파 피어스(Philippa Pearce) 67, 65, 70, 71, 73, 75, 87, 88, 111, 200

ㅎ

「하늘을 나는 가방」 123
『하늘을 나는 바로우어즈_The Borrowers Aloft』 127, 133
『한밤중 톰의 정원에서_Tom's Midnight Garden』 65, 67, 83, 85, 95, 158, 197
『해국소년_海國少年』 54
「해양 모험 이야기_海洋冒險物語」 61
『해적 오네숀_かいぞくオネション』 188
『허풍선이 남작의 모험_The Adventures of Baron Munchhausen』 65, 66
『현대 어린이문학론_現代兒童文學論』 144
『현대 어린이문학_現代の兒童文學』 209
「혹부리 영감_こぶとり昔話」 206

혼다 가츠이치(本多勝一) 162
『홍당무_Poil de Carotte』 19
후나자키 야스코(舟崎靖子) 189
후나자키 요시히코(舟崎克彦) 189
후루타 다루히(吉田足日) 144
히토마로(人麻呂) 186

현대 어린이문학

2003년 1월 28일 1판 1쇄

지은이 : 우에노 료
옮긴이 : 햇살과나무꾼

기획·편집 : 최일주
디자인 : 윤지현
마케팅 : 이병규
제작 : 박찬수·차동현

출력 : 한국커뮤니케이션
인쇄 : 대원인쇄
제책 : 경문제책

펴낸이 : 강맑실
펴낸곳 : (주)사계절출판사 | 등록 : 제8-48호
주소 : (우) 110-062 서울시 종로구 신문로 2가 1-181
전화 : (02)736-9380(대표) | 전송 : (02)737-8595
홈페이지 : www.sakyejul.co.kr | 전자우편 : skj@sakyejul.co.kr

ISBN 89-7196-937-7 33830